Eduardo Garrafa

ENTRE LINHAS SOCIEDADE

Mande notícias do Egito

Ilustrações: Joel Lobo

Conforme a nova ortografia

Atual Editora

Série Entre Linhas

Gerente editorial • Rogério Carlos Gastaldo de Oliveira
Editora-assistente • Solange Mingorance
Auxiliares de serviços editoriais • Flávia Zambon e Amanda Lassak
Coordenação e produção editorial • Todotipo Editorial
Assistente editorial • Isadora Prospero
Revisão de texto • Bárbara Prince e Leonardo Ortiz
Preparação de texto • Cláudia Cantarin
Projeto gráfico (miolo e capa) • Homem de Melo & Troia Design
Suplemento de leitura e projeto de trabalho interdisciplinar • Fabiana Camargo Pellegrini
Diagramação • Daniela Rocha
Produtor gráfico • Rogério Strelciuc

Dados Internacionais de Catalogação na Publicação (CIP)
(Câmara Brasileira do Livro, SP, Brasil)

Garrafa, Eduardo
Mande notícias do Egito / Eduardo Garrafa ; ilustrações Joel Lobo. – 1. ed. – São Paulo : Atual, 2012. – (Entre Linhas: Sociedade)

ISBN 978-85-357-1519-4
ISBN 978-85-357-1521-7 (professor)

1. Ficção – Literatura juvenil I. Lobo, Joel. II. Título. III. Série.

12-06977 CDD-028.5

Índices para catálogo sistemático:

1. Ficção : Literatura infantojuvenil 028.5
2. Ficção : Literatura juvenil 028.5

SARAIVA S.A. Livreiros Editores
Rua Henrique Schaumann, 270 – Pinheiros
05413-010 – São Paulo – SP

1ª edição / 3ª tiragem
2023

SAC | 0800-0117875
De 2ª a 6ª, das 8h30 às 19h30
www.editorasaraiva.com.br/contato

819561.001.003

Sumário

Para Júlia (uma vez mais);
para Mari, pela dedicação e paciência;
para Marcos Henrique (*in memoriam*), com muita saudade.
Agradecimentos à "tia" Teresa pela assessoria culinária.

1

Muito distante

Aflita, Milena lamentou o trânsito carregado. Sabia que, a poucos dias do Natal, o tráfego em São Paulo estaria complicado aonde quer que fossem. Não imaginou, porém, que tivesse de enfrentar tamanho caos.

– Mas o que está acontecendo aí atrás?

Milena ignorou sua mãe. Sabia que, no fundo, não tinha motivos para estar tão nervosa. Já estava em férias, havia passado de ano com notas razoáveis. Estava livre para ficar em casa sem fazer nada, ou melhor, fazendo a única coisa que lhe interessava: passar horas no computador.

Olhou novamente para o relógio e bufou, seu inseparável tique nervoso.

– Não dá pra imaginar por que ela está tão ansiosa, mãe?

Milena ignorou a alfinetada da irmã. Passava das cinco da tarde, eram mais de nove da noite no Cairo. Embora seu melhor amigo virtual tivesse treze anos como ela, nem sempre tinha permissão para ficar acordado até mais tarde. Ao contrário dela, que nas férias podia ir para a cama à hora que bem entendesse.

Milena finalmente deu um suspiro aliviado quando a mãe saiu da grande avenida congestionada e adentrou o bairro do Campo Belo. Mal Carolina havia estacionado na garagem do prédio onde moravam, Milena correu para chamar o elevador, ignorando a bronca da irmã.

– Deixe a menina em paz, Mariana! Você sabe que ela tem hora pra falar com aquele amigo do Egito.

– Mas ela não pode ficar um dia sem falar com esse menino? Além disso, vocês têm ideia de quem ele seja?

– Nenhuma! – Carolina respondeu acionando a trava eletrônica do carro. – Tudo o que sei é que ele tem a mesma idade que ela!

– Isso é o que ele diz! Vai saber se não é um pedófilo que está aqui mesmo em São Paulo, tramando pra aprontar com ela!

Carolina não respondeu, ponderando que sua filha mais velha poderia ter razão. Mas arriscou um comentário:

– Você também tem amigos virtuais. E mesmo assim...

– Mas eu tenho dezessete anos!

– E nenhum deles pode ser um pedófilo ou um criminoso?

– Não sou mais criança e sei me defender, é diferente!

– Será que sabe mesmo? – Carolina a desafiou.

Mariana preferiu não dizer mais nada nem se incomodar com o sorriso provocativo da mãe.

Milena entrou correndo em seu quarto, e, enquanto seu computador se inicializava, trocou de roupa. Mais confortável, acessou a internet. Uma mensagem em inglês já a esperava no programa de bate-papo.

"Hisham deixou uma mensagem: Onde está você, Milena? Bastou entrar em férias para fugir? Será que não vai mais querer saber de mim, só daquele seu namorado que você insiste em dizer que não é bem um namorado?"

Percebendo que ele estava conectado, Milena respondeu, também em inglês: "Já disse mil vezes, o Leonardo não é meu namorado! E, graças a Deus, ele está viajando, só volta amanhã!".

"Se não é seu namorado", Hisham teclou rebatendo, "por que então você dá graças a Deus, como você costuma dizer, ao se ver livre dele?"

Milena caiu na risada e desconversou. Pediu desculpas pela demora e explicou que o trânsito estava terrível. Ele comentou que o trânsito no Cairo era muito ruim também. Passaram mais de uma hora e meia teclando, conversando sobre trivialidades, como sempre faziam. Perguntaram sobre os familiares, sobre os poucos problemas que tiveram de resolver desde o dia anterior e, como sempre, aproveitavam para comparar seus costumes tão diferentes. Muito tempo depois, Hisham mudou de assunto:

"Hoje fui eu quem fez o jantar de novo."

"E ninguém morreu envenenado?", Milena zombou.

"Quando é que você vai acreditar em mim? É sério, eu cozinho muito bem!"

Milena pretendia continuar a provocação, mas naquele momento sua mãe a chamou para ajudá-la com a janta. Hisham disse que também teria que sair, pois Khaled, seu irmão mais velho, precisava usar o computador. Ela caçoou perguntando por que uma família tão rica não tinha um computador para cada filho, ou pelo menos mais um. Hisham respondeu que, embora eles tivessem condições de ter mais computadores, seria um luxo desnecessário. Antes de se despedir, ele ainda pediu:

"Podemos nos falar amanhã, 7 PM hora Cairo? Ficarei vários dias sem poder fazer contato com você. Sei que você prefere teclar, mas gostaria muito de ouvir sua voz."

Surpresa com a notícia, Milena disse que às três horas da tarde do dia seguinte, hora de Brasília, estaria no computador para falar com ele. E foi ajudar a mãe.

No horário combinado da tarde seguinte, Milena vibrou de alegria ao ouvir a voz de Hisham pelo fone de ouvido.

– Oi, Milena! Como é bom ouvir sua voz de novo!

– Oi, Hisham! Seu sotaque continua uma gracinha.

– Cinco meses, Milena!

– Pois é, faz cinco meses que nos conhecemos.

– E seu inglês está cada vez melhor!

Milena sorriu, consciente de que o inglês de seu amigo era irrepreensível, melhor mesmo que o inglês de seu pai, que falava fluentemente. Ao contrário do dela, cheio de erros e aportuguesamentos que, por vezes, deveriam soar incompreensíveis para seu amigo egípcio.

– Você tem sido um excelente professor! – ela agradeceu.

– E você tem sido uma amiga muito boa! – ele retribuiu.

Depois de conversarem praticamente os mesmos assuntos da tarde anterior, Hisham disse que estava chateado.

– Não consigo imaginar você chateado, você é sempre tão alegre! Ontem você disse que ficaria vários dias sem fazer contato. É por causa da viagem de seus pais?

– Exatamente. Os três partem amanhã.

– Me explica uma coisa. Por que só o Khaled vai? E você, o Anwar e suas irmãs?

– Não, de jeito nenhum! Taimaa e Zuraia são muito pequenas para fazer uma viagem dessas. Eu e Anwar vamos ficar para tomar conta delas. Quando Khaled se casar, meus pais vão nos levar para viajar. Tudo a seu tempo, como o Alcorão nos ensina. Não é com a viagem deles que estou chateado.

– Você ainda não me disse para onde eles vão.

– Para a Indonésia.

– Uau, Indonésia? – ela se maravilhou.

– Meu pai já esteve lá mais de uma vez. Diz que é um país fantástico, cheio de lugares interessantes para visitar. Estou feliz por eles, mas chateado porque, enquanto estiverem fora, Anwar, minhas irmãs e eu teremos que ficar com minha tia Bahira, irmã de minha mãe.

– Mas isso é um problema? Aqui no Brasil também fazemos isso. Quando éramos mais novas e meus pais tinham algum compromisso, eu e minha irmã ficávamos com meu tio, irmão do meu pai. E era sempre divertido.

– A questão é outra. Você sempre me provoca dizendo que temos costumes rígidos, mas minha tia exagera. Você sabe que meus pais são bastante religiosos, sempre nos ensinaram os valores do islamismo e a importância de se preservar os costumes. Na maioria das vezes é por isso que meu pai escolhe um país muçulmano para visitar. A diferença é que meus pais são religiosos normais, mas minha tia Bahira é mais ou menos o que vocês aí chamam de extremista. Uma fanática. Fanática e muito repressora! É muito difícil conviver com ela.

Milena sorriu. Algumas vezes Hisham ficava irritado com a forma com que ela o provocava perguntando por que os muçulmanos eram tão diferentes dos seguidores de outras religiões. Ele garantia que o mundo ocidental não conhecia bem o islamismo e tinha uma imagem distorcida de sua religião, e explicava que no Egito os hábitos não eram tão rígidos quanto em outros países árabes. Milena compreendeu de imediato o aborrecimento do amigo com a tia fanática.

– Eu preferiria ficar com outros tios – Hisham prosseguiu –, mas minha mãe faz questão de que uma ou duas vezes por ano fiquemos na casa dessa tia. Só que eu a detesto.

– Uau! Você nunca disse que detestava alguém.

– Se você conhecesse essa minha tia, compreenderia. Ela vive de uma forma muito diferente da nossa! Sempre se intromete em nossas vidas, implica com meu pai, não concorda que estudemos numa escola britânica, não se conforma por usarmos computadores. Ela acha que os computadores nos contaminam com os pecados do mundo ocidental. É uma tortura quando temos que ficar com ela!

Depois de suspirar, ele acrescentou:

– Minha mãe acha que ela é uma boa influência para nós, e que conviver com ela seria um jeito de compensar nossa educação na escola britânica.

– Como é que é? Mas que bobagem é essa?

– É uma longa história, Milena. Já contei que o Egito foi dominado pelos ingleses por muito tempo, e que depois da independência, em 1952, restaram marcas e ressentimentos. Minha tia é uma dessas pessoas que abominam o Ocidente e os ingleses, que, segundo ela, exploraram nosso povo. Mas algumas pessoas, como o meu pai, reconhecem que eles também fizeram coisas boas. Ele acha que nos orgulharmos de nossa independência não deveria nos impedir de reconhecer as influências positivas que foram deixadas.

– E onde sua mãe entra na história?

– Ela diz que concordou que estudássemos na escola britânica, desde que ficássemos com tia Bahira algumas vezes por ano.

Milena riu consigo mesma balançando a cabeça, achando ridícula aquela chantagem enrustida.

– Na casa da tia Bahira, tudo o que podemos fazer é comer, ler e rezar. Ela mal permite que brinquemos com nossas irmãs. Até isso ela controla, você acredita?

Milena ficou chocada. Era difícil acreditar que, no século XXI, alguém pudesse viver daquela forma.

– Se ela souber que converso com uma garota cristã pela internet, vai ter um ataque do coração!

– Quanto tempo seus pais vão ficar na Indonésia?

– Quase três semanas.

– Três semanas passam muito rápido – ela minimizou.

– Será uma eternidade para mim! – ele discordou. – Três semanas sem poder ligar um computador, mal vendo televisão!

– Eu também vou viajar, Hisham – ela tentou animá-lo. – A gente vai passar o final de ano na praia.

– É, mas você vai para a casa de sua tia no Rio de Janeiro. – Ele mudou seu tom de voz, agora provocativo. – Vai passar as férias com aquelas primas de quem falou outro dia, não é?

– Não, vou primeiro para Ubatuba, uma cidade que fica a quase trezentos quilômetros de São Paulo, passar alguns dias com meu tio, irmão mais novo do meu pai, de quem falei agora há pouco. Minhas primas do Rio são filhas da irmã da minha mãe, aquela tia que eu adoro. Eu mando fotos quando voltar, há praias muito bonitas lá. Só vou para o Rio na primeira semana de janeiro.

Eles ainda conversaram por muito tempo, aproveitando que estavam falando via internet. Hisham então disse que precisava desligar, porque fazia uma hora que Anwar estava reclamando, querendo usar o computador.

– Obrigado por falar comigo, Milena. Fiquei muito feliz.

– Também fiquei feliz. Você tem razão, cara, a gente precisa se falar mais vezes, é bem melhor que teclar. E olha só: você é o cara mais legal que eu já conheci!

– Uau, Milena! Nunca uma garota disse isso para mim. Hoje não vou conseguir dormir!

– Vai nessa, Hisham! Feliz Ano-Novo, já que você não vai gostar que eu deseje Feliz Natal.

– Feliz Natal para você também, sua boba! – ele riu.

Hisham desligou. E Milena sorriu, pensando com carinho nele. Apreciando aquele sentimento de amizade pura e sincera.

2

Questão de sorte

Enquanto tentava pegar no sono naquela noite, Milena pensava em sua curta vida. Em seu alívio por estar em férias. Na relação sempre difícil com seus pais e a irmã. Em Hisham. Em suas poucas amigas. Em Leonardo. Em sua vontade de terminar, como ela mesma definia, um namoro que não era namoro. Nos pais de Hisham viajando para a Indonésia. No Natal dali a poucos dias. Na viagem para Ubatuba e para o Rio de Janeiro. Na tia fanática de Hisham. No final de tarde tão sem graça e sem assuntos interessantes que havia passado com Leonardo depois de ter falado com Hisham. No sotaque graciosamente britânico de Hisham. Em Leonardo, que vinha sendo uma decepção. Em Hisham. Em Leonardo. Em Hisham.

Milena riu, perguntando para si mesma como, após quase seis meses de namoro, ainda não havia rompido. Nem sequer entendia como havia aceitado ficar com aquele garoto bonito, mas completamente vazio, um mês antes de conhecer Hisham. Nem mesmo por que desde então, por medo, conveniência e comodismo, não conseguia criar coragem.

"Do que será que eu preciso pra tomar vergonha na cara?"

Afastando Leonardo da cabeça, Milena se lembrou de Rafael, seu pai. De como o admirava, apesar da dificuldade de se dar bem com ele. De como ficava fascinada com sua inteligência e sua boa conversa quando levava a família para jantar com um de seus convidados estrangeiros. De como ela sonhava em, um dia, quem sabe, falar inglês tão bem quanto ele. Foi inevitável se lembrar da conversa inesquecível que teve com ele quase três anos antes, uma conversa que mudaria sua vida.

Tinha então onze anos incompletos quando fez um pedido despretensioso, enquanto voltavam de um almoço:

– Pai, você me põe numa escola de inglês?

– Quando você se tornar uma boa aluna na escola - a mãe fez pouco-caso –, conversaremos a respeito.

Rafael, um sujeito que havia sofrido bastante na vida, mas que não tinha um coração frio, entendeu o recado. Ele já havia percebido a vontade de Milena de participar das conversas com seus convidados. E, a despeito de não viver uma situação financeira folgada, resolveu incentivá-la.

– Sei que é importante para você, filha, tudo bem. Eu a coloco numa escola de inglês. Mas você precisa levar a sério.

Milena garantiu para si mesma que falaria inglês, custasse o que custasse. E provou aos pais que não estava brincando. Após dois anos de muita dedicação, falava inglês bem melhor que a média dos adolescentes da mesma idade e se fazia entender pelos convidados de Rafael. Na escola, nenhuma nota de inglês era menor que nove, o que enchia o pai de orgulho.

Ainda tentando pegar no sono, e envaidecida pela lembrança gostosa, Milena recordou uma conversa que tivera com suas amigas nas férias de julho do ano anterior.

– Vocês têm amigos virtuais em outros países? – ela se interessou. E, diante da resposta positiva, perguntou: – Mas como vocês conversam?

– Em inglês, ora essa!

Foi um choque para Milena. Ela, que sabia falar, ouvir, escrever e ler em inglês muito melhor que qualquer uma delas, estava marcando passo. Para falar melhor, aquela era a dica preciosa com a qual vinha sonhando por tanto tempo.

Milena nem se lembrava por que se interessou justamente por um garoto egípcio de nome tão esquisito, apesar de ter localizado vários garotos e garotas em diversos países. Talvez tivesse sido por seu inglês perfeito, sem erros de grafia. Sem nenhuma cerimônia, na terceira vez que se comunicaram, ele fez um pedido ousado.

"Você encontrou a pessoa certa, Milena", ele teclou. "Eu estudo na escola britânica aqui do Cairo, e posso te ajudar. Mas quero um favor em troca."

"Como assim?", ela ficou gelada.

"Sou fã de seu país e dos jogadores de futebol brasileiros. A única coisa que peço é que você me fale do Brasil, dos campeonatos, das cidades, como vocês vivem, o que vocês comem..."

Para Milena, foi uma contrapartida muito fácil de cumprir. Ajudada pelos pais, ela contou muito sobre o Brasil e matou a curiosidade de Hisham sobre o nosso futebol pentacampeão. Ficou particularmente surpresa com seu interesse pela culinária brasileira e traduziu algumas receitas. No começo, foi uma relação desconfiada. Mas, passadas poucas semanas, Milena se convenceu de que Hisham era um garoto doce, às vezes ingênuo, que não representava nenhum tipo de ameaça. Então pediu que o pai comprasse um bom fone de ouvido e começou a realizar o sonho de falar pela internet.

– Meu Deus, Hisham! – ela se extasiou logo na primeira conversa. – Seu inglês é perfeito!

– Eu não estaria vivo se não fosse! Eu estudo desde meus cinco anos naquela escola caríssima, então eu tenho que falar bem.

Deixando seu gênio enrustido de lado e sentindo uma confiança que não costumava sentir em relação a ninguém – talvez pela conveniência de estarem a milhares de quilômetros de distância –, Milena passou a falar de si mesma. Contou que era uma garota arredia, por vezes ranzinza, com poucas amigas, que vivia às turras com os pais, que não era uma aluna tão boa quanto poderia. E que por um acaso incompreensível do destino, tinha uma relação esquisita com um garoto que não era de jogar fora, mas por quem não sentia nada de especial.

Em retribuição, Hisham contou que seus pais tinham cinco filhos, que ele era o do meio, que sua mãe, vinte anos mais nova que o marido, era uma mulher muito bonita, embora não fosse tão afetuosa quanto seu pai. Revelou que o pai e a mãe eram descendentes de marroquinos, daí seus nomes não serem típicos egípcios, que os bisavós de ambos os lados haviam imigrado para o Egito no início do século XIX. Contou também que tinha vários primos e amigos, falou dos seus costumes, tão diferentes dos brasileiros. Um deles é que não tinha namorada, pois era muito novo para aquilo; os árabes, em geral, não namoravam, eles ficavam noivos para se casarem. Hisham sonhava em conhecer o Brasil, mas infelizmente os olhos de seu pai, no que dizia respeito a viagens, só vislumbravam o Extremo Oriente, sobretudo os países de maciça presença muçulmana.

Foi somente após um mês de amizade que Hisham revelou o motivo de seu inesgotável interesse pela culinária brasileira:

– Eu cozinho bem, Milena. Neste ano que passou, minha matéria optativa foi culinária. Eu me apaixonei! Agora eu cozinho em casa no mínimo duas vezes por semana.

Milena, contudo, não acreditou, embora ele sempre tocasse no assunto. Parecia pura arrogância de garoto que queria se fazer notar.

Mais ou menos naquela época, os dois decidiram trocar fotos, o que provocou a primeira discussão. Acostumada a ser insensivelmente sincera, Milena fez um comentário infeliz:

– Xi, Hisham! Definitivamente você não faz o meu tipo de garoto!

No instante seguinte, ela se arrependeu, ao perceber que Hisham havia ficado magoado. Esperta e ardilosa, Milena soube como corrigir suas palavras, inventar uma desculpa e consertar a situação. Poucos dias depois, os dois fizeram piada do caso e acabaram ficando em paz.

Ainda tentando pegar no sono naquela noite quente de dezembro, Milena ponderou que a amizade à distância que mantinha com Hisham se tornara um alento em sua vida. Amizade no mínimo curiosa, pois os dois tinham pouco em comum.

Viviam em continentes diferentes, em países de culturas diferentes. Milena tinha olhos e cabelos castanhos, assim como Hisham. Mas sua pele era muito branca, ao contrário da do amigo, que era bem morena.

A família de Milena era de classe média, seus pais batalhavam arduamente para manter um padrão de vida razoável. E a de Hisham, pelo que havia contado, vivia uma situação bem mais abastada, mesmo num país situado no norte de um continente muito pobre. Rafael, o pai de Milena, trabalhava na administração de uma renomada empresa de alimentos que exportava grande parte de sua produção. Graças ao seu inglês fluente, estava sempre envolvido com contratos de exportação e muitas vezes era designado para receber, alojar e entreter visitantes estrangeiros, embora não ganhasse o salário de um alto executivo. Halim, o pai de Hisham, era somente um comerciante, mas sempre fora dono de seu negócio; comercializava iguarias árabes e importava produtos europeus, e tinha uma renda que muitos executivos do mundo ocidental sonhariam em ter. Hisham dizia ser um excelente aluno de uma escola de elite, enquanto Milena era uma aluna sofrível de um colégio mediano. A família dela era católica e a de Hisham, muçulmana.

Milena era melancólica, apesar da liberdade com que era educada, enquanto Hisham, embora extrovertido e bem-humorado, por vezes se mostrava chocado com as coisas que Milena lhe contava sobre os costumes brasileiros. Ao passo que ela sempre se impressionava com os relatos de Hisham, mal acreditando que o mundo em que o amigo vivia fosse real.

Na verdade, Milena achava bem interessante se corresponder com um garoto muçulmano numa época em que o mundo ocidental parecia aguçar sua intolerância contra os seguidores daquela religião, muito por desconhecimento e também por culpa de um ataque terrorista brutal a Nova York numa manhã de setembro alguns anos antes.

Após quase seis meses de conversas praticamente diárias, ela não tinha mais dúvidas: havia se afeiçoado a Hisham. Cada vez mais admirava sua educação, sua simpatia e principalmente sua inteligência fascinante para um garoto de treze anos.

Seis meses de amizade. E o que ela havia sonhado estava acontecendo: seu inglês melhorava dia a dia.

– Estou impressionado com você, Milena! – seu pai a havia elogiado poucas semanas antes, quando levou a família para jantar com um casal australiano que visitava São Paulo. – Aquele seu amigo do Egito está te ajudando mesmo!

O próprio Hisham dizia que ela estava escrevendo melhor. E que, se conversassem mais pela internet, ela melhoraria ainda mais sua fluência oral. Era tudo o que Milena queria. Contudo, ainda tinha um pouco de receio. No começo, o teclado parecia melhor, pois era um jeito de se expor menos. Mas agora estava convencida de que falar era mais gratificante.

Milena finalmente bocejou sentindo sono. Adormeceu, ansiosa com a hora de ir para Ubatuba. Mas sonhou muito. Sonhou com cenas estranhas. Com a cidade do Cairo e seu trânsito caótico. Com a bela casa de Hisham. Com a família dele se preparando para uma viagem. Com um carro tomando uma estrada que cruzava um deserto interminável. Com uma casa perdida no meio do nada, cercada de muros e portões altos. Com os pais deixando Hisham, Anwar e as duas irmãs caçulas dentro daquela prisão, que ela sabia ser a casa da tia Bahira. Com Hisham olhando resignado a partida dos pais, então se voltando e caminhando para uma jaula. Que foi fechada com um enorme cadeado.

3

Frio na espinha

– Tudo bem com você, Milena?

– Bem nada! – ela rebateu o pai, irritada, se embrulhando em uma toalha e se sentando antes de responder. – A água está gelada!

Milena jamais haveria de se esquecer do rápido mergulho daquela tarde de segunda-feira. Desde que era criança de colo estava acostumada com Ubatuba e sua diversidade de praias fascinante. Sabia identificar cada uma delas, quais tinham ondas, quais eram calmas, quais atraíam mais gente, quais eram menos procuradas, quais eram mais frias.

Apesar de tudo, as águas da praia do Félix nunca lhe pareceram tão geladas e amedrontadoras. Mal entrou no mar e uma onda um pouco mais forte quase a arrastou, provocando um arrepio que lhe desceu pela espinha. Uma sensação que não esqueceria pelo resto de sua vida.

– Quer que eu te esquente? Vem cá!

– Nem sonhe! – ela desapontou o pai.

Tremendo de frio, Milena se encolheu na cadeira. E se lembrou de Leonardo. Da conversa que tivera na tarde anterior, quando ele fora até seu apartamento para vê-la, desejar Feliz Natal e boa viagem. Havia se preparado para terminar o namoro naquela conversa, mas na hora H ficou confusa. E não conseguiu dizer nada do que pretendia.

– Você disse que queria falar uma coisa séria comigo – Leonardo comentou curioso.

Milena não soube o que dizer. De repente, sua coragem a abandonou. Nas últimas semanas vinha pensando sobre como estava estranhando aquele primeiro namoro, embora algumas pessoas lhe dissessem que era desse jeito, esquisito mesmo. Sentia-se incomodada, por vezes até culpada, por não sentir vibração alguma ao vê-lo uma ou duas vezes por semana, muito menos por sair com ele, menos ainda pelo tipo de filmes que ele gostava de ver, muitíssimo menos por sua conversa pouco interessante. O detalhe que a confundiu naquela tarde em que teve chance de terminar seu namoro foi a fama que Leonardo lhe trouxe na escola.

Ele, tão cobiçado pelas garotas, havia se interessado exatamente por Milena, o que causou espanto geral. Desde que começaram a namorar, Milena se deu conta de que passou a ser tratada de forma diferente. Parecia que, de repente, como num passe de mágica, havia se transformado numa "mina top" para a galera que, até então, mal notava sua existência.

– Deixa pra lá, Léo. Já passou.

– Como assim? Você falou que precisava resolver um babado e que tinha que ser antes da viagem. Não vai me dizer que é de novo aquele papo de que tá estranhando nosso lance?

Milena quase disse que sim. Depois, quase disse que não. Sentiu-se uma covarde por não conseguir dizer nem que sim nem que não. Não era tão madura quanto pensava, ela se convenceu. Além de não estar curtindo o namoro, sentia-se mal por não saber como enfrentar o namorado. Teve medo da reação de Leonardo.

Ele percebeu sua hesitação e contra-atacou. Disse que ela precisava se abrir mais, ser mais flexível, compreender que eles ainda estavam se conhecendo, que quase seis meses haviam se passado, mas na verdade os dois não se viam com tanta frequência fora da escola para que fosse um namoro "pra valer". No entanto, Léo garantiu que gostava muito dela e que ela precisava levar isso em conta. E terminou com a mesma chantagem de sempre:

– Gatinha a fim de mim é o que não falta, você sabe disso.

Milena sorriu, encabulada. E não disse o que queria tanto dizer. Partiu para Ubatuba sem ter resolvido nada. "Sua bunda-mole!", ela resmungou para si mesma, chamando a atenção do pai, que perguntou o que ela havia dito.

No instante seguinte, o comentário de uma mulher debaixo do guarda-sol ao lado desviou sua atenção:

– Quero ir embora, bem.

– Mas já? – o jovem marido protestou. – Tanto sacrifício pra chegar aqui, achar um lugar pra estacionar e...

– Esse mergulho não me fez bem. Quero ir embora.

– Que foi, é cólica de novo? Ou sinusite?

– Nem um, nem outro. É o mar que está diferente, não sei explicar! Está... esquisito, frio, nervoso. Não estou gostando.

– O mar tá nervoso e você quer ir embora?

– Não tira onda da minha cara, seu chato! – a mulher reclamou. – O mar está estranho. Muito estranho! Fiquei angustiada!

Era isso, Milena pensou consigo mesma. O mar estava realmente estranho e ela também estava angustiada. Tão angustiada que passou o resto da tarde quieta, amuada na cadeira, tentando se aquecer e afastar Leonardo dos pensamentos.

Por volta das seis horas da tarde, sua família voltou para casa e Milena tomou um banho que finalmente a aqueceu, procurando se livrar de sua angústia inexplicável. Imaginou que aquela sensação ruim ficaria para trás, assim como as palavras daquela mulher. Apesar disso, o plantão de notícias da emissora em que a tevê estava sintonizada a faria mudar de ideia.

Milena ficou tão boquiaberta quanto seus pais e seus tios ao ouvir que, no dia anterior, enquanto celebravam o dia de Natal, uma tragédia havia acontecido do outro lado do planeta: um terremoto no oceano Índico havia provocado algo que estavam chamando de *tsunami* e que teria atingido vários países.

– O que é um *tsunami*, pai?

– É isso que eles acabaram de explicar, filha. Uma onda gigante e devastadora provocada por um terremoto.

Prestando atenção ao noticiário, ela ouviu algo que a fez sentir pela segunda vez no dia um grande arrepio: além de Tailândia, Sri Lanka e Índia, o país mais atingido havia sido a Indonésia. Passadas poucas horas da tragédia, os corpos de milhares de vítimas já haviam sido encontrados, embora a maior parte ainda estivesse desaparecida. Ficou ainda mais chocada quando ouviu que as autoridades do país falavam em dezenas de milhares de mortos, enquanto a Cruz Vermelha Internacional estimava que o número passaria de 100 mil.

– Cem mil? – Rafael berrou com os olhos arregalados. – Cem mil mortos? Vocês fazem ideia do que seja isso?

Enquanto ouvia a notícia, Milena estremeceu, mas lutou para afastar o pensamento que invadia sua mente. Hisham estava no Cairo, era o que importava. Ainda que sob os cuidados de uma tia que ele detestava.

Naquela noite, aproveitando que a família havia decidido jantar na cidade, Milena correu para uma *lan house* e checou sua caixa de *e-mails*. Não havia nenhuma mensagem de Hisham, apenas uma de Leonardo que ela nem sequer abriu. Sem ter muito o que fazer, deixou uma mensagem para que Hisham lhe escrevesse assim que fosse possível.

Os dias em Ubatuba passaram voando e, a cada notícia sobre a tragédia na Indonésia, Milena rezava para que seu amigo egípcio estivesse bem.

Milena e sua família retornaram a São Paulo após o Ano-Novo, onde ficariam por dois dias antes de partir para o Rio de Janeiro, cidade natal de sua mãe. Ainda cismada, ela vasculhou os *e-mails* antigos até encontrar o número de telefone da casa de Hisham.

Mesmo sabendo que tomaria uma bronca dos pais quando viesse a conta de telefone, ela tentou várias vezes ligar, até que um homem atendeu. Milena tentou conversar com ele, mas tudo que ouviu foi um insistente "*No english, no english*", que a fez desistir. Definitivamente, não havia o que fazer a não ser aproveitar sua temporada no Rio e esperar pelo contato de Hisham, para ter certeza de que tudo estava bem.

Poucos minutos depois, Leonardo ligou convidando-a para ver um filme. Ela achou uma boa ideia, era mais uma chance para falar o que precisava. Mas não esperava encontrá-lo tão carinhoso e carente. Mais uma vez, não rompeu o namoro. Foi para o Rio de Janeiro ainda mais decepcionada. Com o namorado, mas principalmente consigo mesma.

4

Um telefonema inesperado

Quando abraçou sua tia Camila para se despedir, Milena não esperava o comentário que a apanhou de surpresa:

– Fiquei superfeliz em te ver, meu amor! Mas nunca te vi tão estranha!

Milena sorriu embaraçada. Havia aproveitado sua viagem, pôde ir à praia quase todos os dias e adorou conhecer Cabo Frio. Mesmo assim, foi impossível não sentir o coração apertado pela falta de notícias de Hisham.

– Impressão sua, tia!

– Impressão nada! – Mariana não a poupou. – Ela está com a cabeça bem longe daqui.

– Ah, é o namorado? – uma das primas se assanhou.

– Nada disso! Vocês não ouviram ela batendo boca com o Leonardo anteontem? Ela está com a cabeça no Egito!

Após bufar, chateada pelo que considerou uma falta de respeito da irmã, e ignorando as gozações das primas, Milena voltou a pensar em Hisham. Durante aqueles onze dias, ela procurou manter seu coração em paz, mesmo que os noticiários destacassem o impressionante número de mortos que todos os países afetados pelo *tsunami* contabilizaram após duas semanas de buscas: mais de 200 mil. Uma tragédia de proporções poucas vezes registradas na história da humanidade.

Durante todo o retorno a São Paulo, Milena pensou no que poderia fazer nas duas semanas de férias que restavam. Não estava nem um pouco animada. E nem sabia o que aconteceria entre ela e Leonardo depois de terem discutido ao telefone. Se pudesse – e quase pediu à tia –, ficaria no Rio de Janeiro até o final das férias.

Dois dias depois, na tarde de uma terça-feira em que estava cheia de preguiça, um telefonema mudaria o rumo de suas férias. Ela atendeu ao primeiro toque, mas nada ouviu e desligou. Atendeu ao segundo toque, e só ouviu um chiado insuportável, que a fez desligar de novo. Até que, por fim, no terceiro toque ela pôde identificar a voz de quem estava tentando ligar.

– Hisham? É você mesmo?

– Sim, Milena, sou eu! – Hisham respondeu do outro lado da linha, num tom de voz indefinido.

– Como senti sua falta, Hisham! – Ela se encheu de alegria. – Pensei muito em você, eu estava alucinada para falar com você, até liguei para sua casa, mas quem atendeu não falava inglês.

– Eu também pensei muito em você, Milena – ele a interrompeu. – Por favor, preste atenção, porque não tenho muito tempo para falar. Preciso muito, muito mesmo da sua ajuda.

– Ajuda? – Ela se assustou. – Como assim, ajuda?

– Estou com um grande problema e só você pode me ajudar. Só tenho você com quem contar.

– Você está... com problemas com sua tia, é isso?

– De certa forma, sim, mas estou longe da minha tia agora.

– Como assim, longe? O que foi que você fez, Hisham?

– Promete não ficar brava? – ele retomou, após um longo silêncio. – Falei sério, Milena, só tenho você com quem contar.

– Fala logo, você está me deixando preocupada!

Hisham suspirou longamente. E desabafou:

– Estou no Brasil, Milena.

Milena estremeceu da cabeça aos pés, completamente atordoada. No mesmo instante, as palavras implicantes de sua irmã dizendo que Hisham poderia ser um pedófilo que morava em São Paulo e que queria lhe aplicar um golpe vieram à mente. No instante seguinte, porém, ela afastou aquele pensamento, recusando-se a acreditar.

– Como assim, no Brasil? Você está brincando comigo?

– Não estou brincando, estou neste aeroporto internacional, "Guarulha", alguma coisa assim, que fica próximo à sua cidade.

– Guarulhos? Meu Deus, Hisham, como você veio parar no aeroporto de Guarulhos?

– Eu realmente preciso que você e seu pai venham aqui, Milena – ele desconversou –, o mais rápido possível. Antes que eles me mandem para Paris, para Madri, para Roma ou para o fim do mundo!

– Eles quem vão te mandar de volta?

– A Polícia Federal brasileira. Estou detido aqui. Eles estão tentando falar com a Embaixada do Egito, mas ela fica na capital do seu país. Foi com muito custo que eles permitiram que eu ligasse para você. Eu preciso desse favor, Milena. Preciso que você venha o mais rápido possível!

Mais um arrepio passou pelo corpo de Milena, que ainda não havia assimilado a notícia. Não sabia se aquela ligação era um trote ou se realmente seu amigo egípcio havia cometido a maior loucura de sua vida.

Duas horas mais tarde, Milena ouvia calada Rafael desfiar sua zanga enquanto dirigia para o Aeroporto Internacional de Guarulhos. Seu pai reclamava sem parar que não podia sair do escritório daquele jeito no segundo dia após voltar de férias, que tinha muito trabalho acumulado, que a história que ela lhe contara era absurda, que eles iriam fazer papel de palhaços, que, se fosse verdade, ele não entendia o que ela tinha a ver com aquela bobagem que o moleque egípcio havia feito. A seu lado, Carolina permanecia calada, mas convicta de que, se fosse verdade, a filha havia agido corretamente. Rafael era a única pessoa que poderia ajudar de alguma forma.

Após chegarem ao aeroporto, eles demoraram mais de quinze minutos para localizar Hisham. Foram mandados de um lado para outro, mas finalmente descobriram que ele estava numa sala no terceiro andar. Só permitiram a entrada de dois deles. Carolina, sua mãe, teria que esperar do lado de fora.

Milena e Rafael encontraram um garoto amedrontado de pele morena e cabelos castanhos ondulados, sentado numa cadeira e cercado por policiais. Um deles, que levava um revólver na cintura, parecia irritado. Num canto da sala, um homem calvo e de cavanhaque, que vestia um impecável terno cinza e aparentava ter pouco mais que quarenta anos, a mesma idade de Rafael, falava nervosamente ao celular numa língua que Milena jamais ouvira.

– Árabe! – seu pai sussurrou.

Milena não sabia o que esperar, era a primeira vez que via Hisham pessoalmente. Cara a cara, ele lhe pareceu diferente do que ela havia idealizado. O rosto redondo, a bochecha firme, o buço discreto sobre o lábio, os olhos brilhantes e castanhos, seu nariz pronunciado e suas sobrancelhas grossas eram as mesmas das fotos que recebera. Entretanto, Hisham era mais franzino do que imaginara. Na maioria das fotos, ele estava de uniforme escolar: calça, camisa branca de manga comprida e gravata. Ali, vestia uma calça jeans, uma camisa listrada e tênis. Passaria perfeitamente por um garoto brasileiro. Foi inevitável a sensação inicial de desilusão. Não era aquele garoto que fazia parte dos seus devaneios. Era um garoto simples, desajeitado, com um jeito ingênuo, como tantos que conhecia.

– Conhece este garoto? – o policial nervoso disparou.

– Sim – ela respondeu. – Q-Quer dizer, é a primeira vez que nos vemos pessoalmente, mas... mas a gente se corresponde pela *internet* há alguns meses.

– Você tem alguma coisa a ver com esta palhaçada? – o outro policial, um delegado, a interrompeu. – Você o ajudou a arquitetar esta viagem clandestina e se esconder naquele avião?

– Como assim... viagem clandestina? – ela gaguejou.

– Sim! – o policial indócil respondeu. – Foi isso que esse menino fez!

Milena não gostou do jeito que o policial falou e, se dependesse de sua sinceridade ferina, daria uma resposta atravessada. Apesar de tudo, ela sabia que não seria uma boa ideia se indispor com um homem que levava uma arma na cintura. De modo que o ignorou e pediu ajuda para o pai.

Era a hora da verdade. Milena torceu para que o pai usasse todo seu poder de persuasão. Num passe de mágica, a expressão de Rafael se transformou. Sorrindo com simpatia, estendeu a mão para os dois policiais, se apresentou e propôs:

– Vocês permitem que conversemos um pouco com ele para tentar entender o que aconteceu?

– Fiquem à vontade! – o policial mais calmo finalizou, puxando duas cadeiras.

Milena finalmente sorriu. Sem se preocupar com o pai e os policiais, puxou Hisham pela mão, o abraçou e beijou seu rosto, mesmo sabendo que em sua cultura isso não era comum. Depois, ela o apresentou para seu pai. Sentou-se e desatou a falar em inglês.

– Eu sonhei tanto em conhecer você, mas não desse jeito! Como é que você veio parar aqui, seu maluco?

– É uma longa história. Eu fugi, porque estava desesperado.

– Mas como assim, fugiu? Fácil desse jeito? E por quê?

– Meus pais e meu irmão! Eles desapareceram no *tsunami*!

– Como é que é? – Milena deu um berro em português, sentindo sua espinha gelar.

Hisham contou que sua família no Egito havia perdido contato com seus pais na Indonésia. Que desde o dia 24 de dezembro ninguém conseguia localizá-los.

– Faz 24 ou 25 dias que não sabemos deles. É muito tempo, nós perdemos as esperanças!

– Mas, garoto – Rafael argumentou num inglês muito melhor que o da filha –, aquele país virou um caos, muita gente ainda está desaparecida. Vai demorar meses para a coisa se normalizar. Você não acha que eles podem estar tentando fazer contato?

– Não sei o que pensar, senhor Rafael. A imprensa do meu país tem dado tantas informações confusas e... e algumas pessoas já fizeram contato conosco dizendo coisas desanimadoras.

– Eu sinto muito, Hisham! – Milena o consolou, segurando firme sua mão.

– Estou muito triste por meus pais e meu irmão, mas não é por isso que estou desesperado. É por causa da minha tia.

– Por causa da sua tia? – Milena não entendeu.

– Aquela louca está fazendo uma coisa horrível! – ele retomou furioso. – Ela nem sequer chorou a morte dos meus pais, já foi à nossa casa, se apossou de um monte de coisas, entrou com um pedido para obter a nossa guarda e, com isso, quer administrar os bens dos quais somos herdeiros. E disse que a partir de agora acabou a tolerância. Que vamos ser educados segundo os preceitos dela. É por isso que estou desesperado.

Milena finalmente o compreendeu. Uma coisa era passar algumas semanas sob a guarda da tia radical. Outra era ver-se, de repente, totalmente submetido a seus desvarios.

Naquele instante, o homem vestindo terno cinza se aproximou dos três. E se apresentou num português carregado:

– Meu nome é Abud. Sou representante do cônsul do Egito aqui em São Paulo.

O homem explicou que havia sido chamado às pressas, assim que o avião cargueiro da FAB, Força Aérea Brasileira, chegou ao Brasil e seus pilotos entregaram Hisham à Polícia Federal como passageiro clandestino e sem documentos.

– Mas como é que você conseguiu essa façanha? – Milena quis saber, sem evitar uma risada.

– P-Prefiro não contar! – ele tentou desconversar.

– Você precisa colaborar!

Hisham ainda relutou muito, disse que tinha medo de que sua situação ficasse mais complicada do que já estava. Mas finalmente contou em detalhes como viera parar no Brasil.

5

Cobiça

Encostado numa das janelas na casa de sua tia Bahira, Hisham pensava nos pais e no irmão desaparecidos. Nos quinze dias sem notícias. Nos relatos de seu tio Samir, que tentava localizá-los na Indonésia.

– Que será que aconteceu? – Hisham perguntou para o irmão Anwar, sentado a seu lado, tão angustiado quanto ele. – Quinze dias e nenhuma ligação. A agência de viagens não diz nada.

– O tio vem aqui hoje. De todo modo, vamos ter algum motivo para sorrir.

Hisham concordou. Tanto quanto Anwar, ele amava o irmão de seu pai, seu tio favorito, um homem afetuoso, que sabia divertir os sobrinhos e com quem passava horas conversando.

– Vou pedir para passar um dia com ele no aeroporto – disse, referindo-se ao local de trabalho do tio. – Não aguento mais esta prisão.

– E você acha que a tia vai deixar? – Anwar duvidou.

Hisham deu de ombros, sem saber o que dizer.

Samir realmente apareceu no final daquele dia. Não trouxe nenhuma notícia animadora, disse somente que o governo continuava trabalhando para localizar centenas de cidadãos egípcios que ainda estavam desaparecidos.

Passava das duas horas da tarde do dia seguinte, quando três homens bateram à porta procurando por Bahira. Hisham e Anwar estavam na sala quando eles entraram. Apresentaram-se como membros da assistência social. Anwar fez uma pergunta para a qual, naquele instante, Hisham não deu maior importância.

– Se vocês são da assistência social, devem saber que meu tio Samir é quem está todos os dias em contato com as autoridades. Por que vocês não o procuraram?

– Porque, segundo a agência de viagens, vocês estão sob os cuidados de sua tia – um deles explicou. – Fomos informados de que vocês estavam aqui e é com ela que devemos conversar.

– Mas a agência não falou sobre meu tio? Que estranho! É com ele que vocês deveriam conversar.

– Não confunda as coisas – o homem mais velho respondeu com firmeza, após o outro hesitar. –Viemos aqui falar de um assunto que só pode ser tratado com sua tia.

O mesmo senhor de idade recomendou a Bahira que retirasse os meninos da sala, pois se tratava de um assunto muito sério.

Contrariados, Hisham e Anwar obedeceram e foram para o quarto juntar-se às irmãs. Uma hora mais tarde, a tia mandou chamar somente os dois. Embora demonstrasse estar abalada, foi bastante seca ao dar a notícia.

– Ele pediu que vocês saíssem porque queria poupá-los – Bahira justificou. – Estes senhores têm informações confiáveis de que seus pais e Khaled desapareceram com o *tsunami*. Não há mais esperanças de serem encontrados. Eles foram dados como mortos.

Enquanto Hisham ficava à beira do choro, Anwar não aceitou e pressionou a tia:

– Informações confiáveis de quem? Afinal de contas, quem são eles, tia? Eles não responderam minha pergunta, a atitude deles foi muito suspeita. Eu acho que a senhora...

– Não seja arrogante, Anwar! Estes cavalheiros amáveis vieram generosamente me dar orientações de como agir daqui para a frente.

– Não estou sendo arrogante, a senhora é que está se precipitando. A senhora deveria chamar o tio Samir para investigar melhor! Como a senhora sabe que eles são gente do governo?

– Não preciso daquele seu tio intrometido! – Bahira rebateu com severidade. – Sei como agir e vou fazer o que eles me sugeriram. Vou pedir a guarda de vocês.

– E quem disse que queremos ficar com a senhora? – Anwar se indignou, enquanto Hisham se sentia paralisado.

– Dobre sua língua, Anwar! – Bahira disparou um berro furioso. – Vocês deveriam me agradecer pelo que estou fazendo. Aceitem a realidade: seus pais e seu irmão estão mortos, e alguém precisa tomar conta de vocês.

– Queremos falar com o tio Samir! – Anwar exigiu.

– Vocês vão falar com Samir. Mas não está em discussão quem tem a guarda de vocês.

Abalado com a notícia, Hisham passou dias chorando e não teve como ajudar Anwar a consolar as irmãs. Enquanto isso, sua tia Bahira foi tomar as providências para fazer o que havia prometido. Somente uma semana depois ela permitiu que o tio Samir lhes fizesse uma visita.

Ao contrário das outras vezes, Samir pareceu estranho. Cumprimentou Bahira secamente e não escondeu dos sobrinhos seu semblante de preocupação. Discutiu asperamente com ela, exigindo que os deixasse a sós. Aborrecido, confirmou que o governo dava os pais e o irmão de Hisham como mortos, e que já sabia que a tia havia entrado com o pedido de guarda.

– Nós não queremos ficar com ela – Anwar murmurou para o tio. – Por favor, faça alguma coisa.

– Não há o que eu possa fazer – o tio se justificou. – Entendo sua preocupação, meu querido sobrinho, fui falar com as autoridades para contestar o que ela está fazendo, mas não adiantou. Ela não é casada, não tem família, então, segundo a justiça, é a pessoa ideal.

– Mas ela não tem condições financeiras para cuidar de nós!

– Mas vai ter! – o tio rebateu, mordendo os lábios. – Ela também reclamou todos os bens de seus pais, alegando que precisa de recursos para cuidar de vocês.

– Ela fez o quê? – Anwar berrou apavorado. – Não, eu não posso acreditar! Com que direito ela fez isso?

– Não foi só isso – Samir continuou, aflito. – Há dois dias, o empregado de vocês me ligou desesperado, dizendo que ela foi lá, vasculhou a casa inteira, pegou joias de sua mãe e todo o dinheiro que encontrou. Depois, o dispensou dizendo que ele não era mais necessário e que aquela casa seria posta à venda para financiar a educação de vocês.

– Mas... Mas como assim? – Anwar estava desesperado. – Como ela entrou lá? Com que direito?

– Com a autorização que sua mãe deu a ela quando foi viajar.

– Essa autorização não dá a ela o direito de demitir um empregado, ou... – Anwar estava indignado.

– Foi exatamente por isso que ele me ligou. Fui correndo reportar isso à polícia. Só então fiquei sabendo do pedido de guarda e dos bens. E do jeito que ela agiu, deve ter sido muito bem orientada...

– Mas... Mas, tio, isso não é justo!

– Isso é o justo e o correto! – Bahira surgiu furiosa aos berros.

Os três tomaram um susto, pois não imaginavam que a tia pudesse estar ouvindo sorrateiramente a conversa por trás da porta.

– Fiz isso mesmo, porque a lei me garante esse direito! E fiz para o bem de vocês!

– A lei lhe garante esse direito? – Samir a desafiou sarcástico. – E se é justo e correto, por que você não veio conversar comigo para saber minha opinião?

– Não preciso da sua opinião. E se você quiser continuar vendo seus sobrinhos, acho bom começar a me respeitar.

Anwar e Hisham olharam para o tio, que nada pôde fazer, além de baixar a cabeça e lamentar.

– Você tomou posse dos bens do meu pai e tem coragem de dizer que é para o nosso bem?

– Cale a boca, Anwar! – a tia berrou a plenos pulmões, arreganhando os dentes. – Dirija-se a mim mais uma vez com este tom de voz e vai tomar vinte chibatadas!

– E eu mando você para a cadeia se fizer isso! – Samir não suportou a fúria de Bahira; ficou em pé e também começou a berrar.

– E vou deixar bem claro – Bahira não se intimidou. – Acabou a tolerância!

– Como assim – Hisham gaguejou –, acabou a tolerância?

– Acabou a escola britânica!

– Bahira, por Alá! – Samir tentou argumentar. – Pense no bem deles, pense no futuro, pense...

– Não há mais escola britânica! – a tia repetiu com severidade. – Não há mais computador! Não há mais passeios, nem qualquer um desses vícios nocivos que afastam vocês de Alá! Agora vai ser como eu acho que tem que ser. Fui clara?

– Mas você precisa respeitar a educação que eles tiveram, eles não estão acostumados, eles precisam de tempo para...

– Acabou, Samir! – Bahira o interrompeu. – Se você quer continuar a vê-los, aceite o que estou determinando. A partir de agora, cabe a mim, e só a mim, tomar as decisões por aqui!

Era a primeira vez na vida que Hisham se sentia desesperado, o que o levou a mergulhar na amargura, inconformado com o rumo que sua vida tomava. Se antes dizia que detestava sua tia, agora tinha motivos para odiá-la.

6

Aventura e medo

Embora tivesse somente treze anos de idade, Hisham sabia que enfrentar sua tia só ia piorar a situação. Entretanto, determinou-se a não se resignar diante do fanatismo dela. Haveria de encontrar uma solução.

Samir continuou visitando os sobrinhos e pressionando Bahira para que fosse mais flexível no trato com eles, ao mesmo tempo em que fazia contatos diários com as autoridades em busca de notícias, embora a cada dia perdesse as esperanças de que o irmão, a cunhada e o sobrinho estivessem vivos.

Dias após aquela discussão que deixou Hisham desesperado, num dos raros momentos em que a tia Bahira permitiu que os sobrinhos assistissem televisão, o garoto ouviu no noticiário informações sobre o *tsunami*. Apurou sua atenção à reportagem que falava da ajuda humanitária que vários países enviavam para as vítimas, mostrando aviões cargueiros fazendo escala no Cairo, vindos de diversos países. Até mesmo do Brasil.

– Olha lá, Hisham! – Anwar chamou sua atenção. – O cargueiro brasileiro é um Lockheed C-130.

Hisham resmungou para o irmão como ele conseguia se interessar por um avião, e ainda por cima um avião velho, enquanto a tia maluca os submetia a uma vida insana.

Diferentemente do irmão, que sonhava em ser piloto, Hisham não entendia nada de aviões. Não ligaria para seu alerta, se não fosse a bandeira brasileira pintada na fuselagem saltar diante dos seus olhos. Sentiu saudades de Milena, que deveria estar estranhando a falta de notícias. Ao se deitar, Hisham ficou acordado durante horas, pensando, obcecado, em Milena. E no avião cargueiro.

No dia seguinte, ele ligou ansioso para o tio Samir.

– Passar o dia comigo no aeroporto? Posso tentar, Hisham, mas sua tia está me impedindo de levar vocês para passear, quer que vocês guardem luto por mais algum tempo.

– Não aguento mais ficar preso – Hisham insistiu. – Preciso sair, tentar fazer alguma coisa!

Samir disse que seria difícil, mas, pelo afeto que tinha por Hisham, tentaria.

Sua tia realmente resistiu, argumentou que seria melhor que os quatro ficassem reclusos por mais algumas semanas. Mas depois de muita pressão do tio, que ameaçou denunciar sua intolerância às autoridades, ela cedeu.

Hisham passou horas com o tio visitando o aeroporto. Tentando demonstrar nada mais que curiosidade, perguntou se Samir sabia daqueles cargueiros, se eles voltariam ao Cairo, se era possível chegar perto, particularmente da aeronave brasileira.

– Os pilotos brasileiros devem voltar para o Cairo em poucos dias. Mas aquela aeronave não tem nada de interessante, é um mero Lockheed C-130 Hércules, um avião velho. Se você quer ver aeronaves interessantes, os cargueiros americanos ou os franceses são os melhores. Este avião brasileiro é uma sucata!

Hisham sabia que o tio o provocava somente para desdenhar de seu o fascínio pelo Brasil. Apenas riu e não disse mais nada. Voltou para a casa da tia Bahira. Passou mais uma noite com sua mente trabalhando sem parar.

No dia seguinte, ligou novamente para o tio Samir, pedindo para fazer mais uma visita ao aeroporto. Se possível, no dia em que o cargueiro brasileiro aterrissaria no Cairo.

– Por que tanto interesse naquele cargueiro brasileiro, Hisham?

– Meu interesse não é no avião – Hisham explicou. – Só quero conversar com os pilotos, nada mais.

– Eles mal vão dar atenção a você, ouça o que digo.

Certo de que seria só uma curiosidade adolescente, Samir fez de tudo para conseguir convencer Bahira uma vez mais.

Dois dias mais tarde, quando o cargueiro brasileiro fez escala no Cairo, o tio Samir cumpriu a promessa e levou Hisham uma vez mais ao aeroporto. Falando um inglês inferior ao do sobrinho, o tio se apresentou aos dois pilotos. Um deles, que se identificou como tenente, era mais alto e visivelmente mais velho, tinha cabelos ligeiramente grisalhos e olhos castanhos. O outro, bem mais jovem, que não disse sua patente, aparentava ter vinte e poucos anos, era loiro e tinha olhos azuis.

Samir apresentou o sobrinho, contando que havia dias ele o vinha atazanando para conhecê-los. E completou:

– Ele estuda na escola britânica, fala inglês muito bem.

– Fala mesmo, garoto? – O tenente o cumprimentou.

– Se não falasse – Hisham sorriu apertando sua mão –, acho que meu pai me mataria!

O tenente simpatizou de imediato com ele. Desinibido, Hisham contou de sua amizade com Milena, de seu interesse pelo futebol brasileiro. Surpreso, o tio Samir logo percebeu que os brasileiros pareciam gostar de uma conversa. Hisham perguntou para onde aquele avião iria, qual a diferença daquela aeronave em relação às de passageiros e, finalmente, quando voltariam para o Brasil.

– Partiremos para Guarulhos, onde fica o aeroporto internacional da cidade de sua amiga, em duas ou três horas.

– Pensei que São Paulo – Hisham estranhou –, sendo uma cidade tão grande, tivesse um aeroporto próprio.

– Mas Guarulhos faz parte da Grande São Paulo.

Sorrindo, Hisham agradeceu e se despediu.

– Muito obrigado, tio. Matei minha curiosidade.

– Sem problemas. Mas agora eu preciso trabalhar. Quer ficar num computador? Hoje posso arrumar um para você.

– Deixa pra lá. Vou caminhar um pouco.

O tio Samir falou para Hisham ficar à vontade, mas que não se afastasse e desse sinal de vida.

Procurando disfarçar sua ansiedade, Hisham foi atrás do pessoal da limpeza. Disse que vinha a mando do tio pegar alguns itens para o banheiro da administração. Os dois rapazes lhe indicaram aonde ele deveria ir.

Passados alguns instantes, tentando conter o nervosismo, Hisham saiu da sala vestindo um macacão azul por sobre sua roupa. Caminhou pelos corredores e entrou num banheiro para funcionários. Urinou tudo o que podia. Então, seguiu o caminho que havia memorizado para a pista do aeroporto. Ficou escondido ao lado de uma coluna e por detrás de um veículo, visualizando o cargueiro brasileiro.

Os pilotos ainda estavam perto da aeronave, conversando com funcionários do aeroporto. Quase meia hora depois, um deles acenou para que os brasileiros o seguissem. Ao ver que não havia ninguém mais ao lado da aeronave, Hisham pensou: "É agora!". Era chegada a hora.

Mal caminhou alguns passos, tomou um enorme susto: dois policiais surgiram de repente, correndo e berrando. Sentindo o coração quase pular pela boca, ficou paralisado, certo de que o haviam apanhado. No entanto, os policiais passaram reto por ele, ainda gritando com alguém que Hisham nem quis saber quem era.

Respirando fundo, suando, tremendo, caminhou em direção à aeronave, levando uma vassoura e um saco de lixo. Algumas pessoas se aproximaram, mas nenhuma delas prestava atenção à rampa de entrada.

O garoto subiu a rampa e entrou no cargueiro com o coração palpitando. Encontrou a aeronave vazia. Teve tempo suficiente para vasculhar todo o compartimento, avaliando nervosamente onde poderia se esconder.

Encontrou uma caixa com alguns cobertores que lhe pareceu um lugar perfeito. A sorte parecia lhe sorrir, tudo colaborava para que seu plano se cumprisse. Tirou rapidamente o macacão, escondeu-o junto com a vassoura e o saco de lixo, entrou na caixa e se cobriu.

Embora tentasse relaxar, Hisham não conseguia. Estava ansioso demais, pensava freneticamente nos irmãos e no tio Samir. Um forte sentimento de medo tomou conta dele quando parou para refletir sobre o que estava fazendo. Considerou que ainda era possível voltar atrás. Mas não se permitiu fraquejar. A última coisa que queria era voltar para as garras da tia Bahira.

Passado um bom tempo, ele ouviu os pilotos entrando. Manteve-se imóvel por debaixo dos cobertores, mal respirando e suando muito. Os pilotos ligaram os motores e, enquanto os aqueciam, inspecionaram a cabine, prenderam todas as cargas e verificaram se tudo estava no lugar.

Quase meia hora depois, a aeronave começou a se mover e, logo em seguida, decolou. Os ouvidos de Hisham imediatamente tamparam e o compartimento foi pressurizado. Estava feito, ele pensou consigo mesmo, sem saber se deveria ficar feliz ou apavorado. Era momento de rezar - e muito.

Mais relaxado, Hisham adormeceu. Não soube por quanto tempo dormiu.

Imaginou que poucas horas haviam se passado, quando algo começou a incomodá-lo. Pensou que fosse o calor ou a posição em que se encontrava, mas logo percebeu que sua pele estava coçando insuportavelmente.

Tentou voltar a dormir, contudo conseguiu dar somente alguns cochilos curtos. Ficava cada vez mais difícil permanecer quieto. Quando a vontade de sair dali era incontrolável, os cobertores foram violentamente puxados. Assustado, Hisham viu uma arma apontada para seu rosto e ouviu um berro em inglês:

- Parado ou eu atiro!

Apavorado, Hisham levantou as mãos e implorou em inglês para o piloto mais jovem:

- Eu não estou armado! Por favor, não atire!

Ainda desconfiado, o homem ordenou que ele mantivesse as mãos erguidas, saísse da caixa e se deitasse no chão com as mãos na nuca e com as pernas afastadas. Tremendo de medo, Hisham obedeceu. O homem o revistou por inteiro, e só então se acalmou. Quando Hisham se ergueu, o jovem o reconheceu:

- Espere um minuto! Eu sei quem você é. Você é aquele garoto que veio conversar com a gente no Cairo, não é?

- Sim, sou eu.

- Mas que diabos você faz aqui?

- Estou fugindo. E preciso de sua ajuda.

- Fugindo? Você é um terrorista? Ou um fugitivo da polícia?

- Nem uma coisa, nem outra. Sou somente um garoto fugindo de uma tia louca.

– Fugindo do quê? – o piloto brasileiro perguntou rindo, pensando não ter ouvido direito.

– Eu vou contar, mas, por favor, não me leve de volta ao Cairo.

– Nem que você quisesse – o rapaz respondeu guardando a arma. – Estamos a menos de uma hora do Brasil.

Hisham ergueu as mãos e agradeceu a Alá.

7

Um presente do Brasil

Poucos instantes depois, o jovem piloto voltou rindo para a cabine de comando. Encontrou o tenente abocanhando um sanduíche comprado no Egito, sem sequer se importar com o recheio. A fome era maior do que sua curiosidade.

– Tenho uma surpresa, tenente!

– Manda! – disse o tenente, sem olhar para o colega.

Após alguns instantes de silêncio, Hisham disse um "*Hello*" envergonhado, fazendo o tenente se engasgar com o refrigerante e arregalar os olhos de susto.

– Mas... Mas... Mas... Quem é esse moleque?

– Não lembra dele? É o garoto que veio conversar com a gente no aeroporto do Cairo.

– Meu Deus! É o sobrinho do administrador! O que ele está fazendo aqui?

O jovem piloto acenou para que Hisham se acomodasse num terceiro assento próximo aos dois. Depois disse:

– É isso que quero saber.

– Mas onde ele estava?

– Fui lá atrás checar se os volumes estavam bem amarrados e estranhei ao ver que uma caixa parecia se mexer. Aí descobri o moleque aqui, sofrendo de alergia por causa dos cobertores. Olha o braço dele todo empipocado!

– E ele disse por que entrou neste voo?

– Ainda não. Só disse que está fugindo de alguém.

O dia já nascia por trás da aeronave quando Hisham começou a contar como havia parado ali. Os dois pilotos perceberam que ele não era um garoto ignorante, nem um clandestino qualquer.

– Mas o que você pretende com isso, garoto? – o tenente o repreendeu. – Você imagina como seu tio deve estar desesperado? E o problema que vai causar para ele?

Hisham não imaginava. E ficou zonzo só de pensar.

– Afinal de contas, quantos anos você tem?

– Treze.

– Treze anos? Uau, que coragem!

– Lamento muito por seus pais, garoto – o tenente acrescentou. – Mas você teve muita sorte, pois meu colega aqui poderia ter atirado em você.

Era verdade, Hisham admitiu para si. Outro detalhe que não havia imaginado quando planejou sua fuga.

– Responda ao que o tenente perguntou – o mais novo o pressionou. – O que você pretende com esta fuga? Você quer pedir asilo?

– Talvez – Hisham respondeu depois de pensar muito. – O que eu queria mesmo era... Bom, como já contei para vocês, conheço uma pessoa no Brasil, e eu... eu pensei em pedir ajuda para ela. Talvez, se eu ficar algum tempo com minha amiga, meu tio Samir consiga mudar a situação.

– As coisas não são assim – o tenente se antecipou. – Nós temos que entregar você para a Polícia Federal.

Hisham procurou não se apavorar com o que ouviu. Quando tramou sua fuga, sabia que em algum momento depararia com as autoridades brasileiras. Não sabia como tudo ia terminar, apenas sonhava em ter chance de pedir ajuda a Milena. Mas naquele momento teve a sensação de que não seria uma tarefa fácil. Mais um detalhe no qual não havia pensado. A cada minuto percebia que seu plano de fuga estava recheado de falhas.

– Assim que chegarmos, será que haveria alguma chance de eu falar com essa amiga de que lhes falei?

Os dois pilotos se olharam, sem saber o que aquele garoto ingênuo realmente pretendia.

– Assim que chegarmos, não temos alternativa senão levar você para a Polícia Federal. – E, sentindo pena de Hisham pelo suspiro sofrido que deu, o tenente completou: – Não quero de forma alguma iludir você, garoto. Vamos tentar interceder em seu favor, explicar o que aconteceu e deixar que eles decidam o que fazer. Se eu conheço bem a polícia, você vai ser deportado imediatamente.

– C-Como assim, deportado? – Hisham não entendeu.

– Vão colocar você no primeiro voo de volta para o Egito.

– Negativo, tenente! Não existem voos direto de Guarulhos para o Cairo. É aí que a coisa complica. A Polícia pode mandar o menino para vários destinos: Madri, Paris, Roma...

Hisham sentiu um frio na barriga e ficou zonzo, agora de pavor. Enquanto isso, o tenente emendava:

– O que posso sugerir é que você converse com calma com a Polícia Federal e peça que o deixem ligar para sua amiga. Vai ser difícil que concordem com isso, você é menor de idade e não tem documentos, mas é uma saída. Procure ficar calmo e contar uma bela história.

Hisham preferiu não dizer mais nada. Não havia o que fazer, a não ser esperar.

– Você está com fome? – o mais jovem perguntou.

– Um pouco – Hisham respondeu desanimado. – Mas estou com muita sede.

O rapaz se ergueu, abriu uma pequena geladeira, alcançou uma lata de guaraná e ofereceu para ele.

– Presente do Brasil. Com todo o orgulho.

Hisham nem prestou atenção. Abriu a lata, deu um gole generoso e arregalou os olhos, fascinado com o sabor:

– Mas que bebida deliciosa é essa?

Os dois pilotos riram um para o outro, apreciando a reação de Hisham.

Sem entender por quê, Hisham sentiu o sabor gostoso do guaraná apascentar seu coração. Como se fosse uma energia boa e confortante, que o invadia e lhe dizia que tudo acabaria bem, que nada de mal iria acontecer. Dominado por essa sensação boa, Hisham relaxou e passou o resto da viagem apreciando a paisagem da cabine do cargueiro.

8

O louco

– Era o que me faltava!

Hisham não entendeu o que o policial rabugento exclamou assim que terminou sua narrativa. Entendeu menos ainda por que todos estavam rindo, inclusive Milena. Havia passado a maior aflição da sua vida, por que isso lhes soaria engraçado?

– Que bagunça que você aprontou! – ela murmurou.

– Que grande irresponsabilidade, isso sim! – Abud, o único que não riu, disparou com rispidez.

– Mas, e agora? – Milena insistiu.

– Agora – Abud emendou em inglês – evidentemente, eles querem mandá-lo de volta para o Egito. Em outras palavras, deportá-lo!

– Não quero voltar para a casa da minha tia, por favor!

– Olha aqui, garoto, você não está em posição de exigir ou pedir nada! O que você fez foi uma grande irresponsabilidade.

Hisham estremeceu assustado, mas Abud foi adiante:

– Em algum momento, você pensou em seu tio? Ele pode perder o emprego e ser processado por sua causa!

Caindo em si, Hisham fechou os olhos e engoliu em seco. Rafael, por sua vez, tentava acalmar a situação.

– Senhor Abud, pressioná-lo desse jeito não vai ajudar em nada. O senhor tem razão, foi irresponsabilidade, mas ele está desesperado.

– Será que o senhor entende a confusão que ele causou? Isso pode gerar um conflito internacional. Se a imprensa brasileira ficar sabendo disso, o problema vai assumir uma proporção bem maior.

– Ele tem razão – o delegado emendou. – Além de tudo... ele é só um garoto!

– Era exatamente o que eu queria dizer – Rafael emendou –, ele é só um garoto. Como é que vocês querem deportá-lo para um destino incerto?

– Sim, é só um garoto, mas será que não tem alguém mais por trás dele? – o policial, antes irritado, agora ponderou. – Um fugitivo, um terrorista que esteja abusando de sua boa-fé?

– Ou um homem-bomba preparando um ataque? – outro disparou. – Desde 2001 a Al-Qaeda fala que pode atacar qualquer país.

– Senhores, vocês não estão sendo justos em seu julgamento – Abud rebateu ríspido, tentando conter seu tom de voz. – Estão fazendo uma generalização nada agradável. Nem todos os árabes são terroristas e não imaginem que todos nós concordamos com o que a Al-Qaeda fez.

– E nós já falamos que o conhecemos! – Milena argumentou.

– Você tem certeza de que o conhece? – o policial a testou. – Não passa por sua cabeça, garota, que tudo isso pode ser um plano meticulosamente armado e que você pode estar sendo usada?

Sentindo que os ânimos poderiam ficar alterados, o delegado pediu a seus colegas que parassem de dizer bobagens, pois já haviam revistado o garoto e não haviam encontrado nada que pudesse preocupá-los. Além disso, os próprios pilotos da FAB, a Força Aérea Brasileira, haviam dito que o conheceram no Cairo e que sua história não lhes parecia absurda.

– Tenho certeza de que o conheço bem! – Milena garantiu.

– Não vamos perder tempo com isso, delegado – um dos policiais rebateu. – Esse moleque volta agora mesmo para o lugar de onde veio.

– Peço uma vez mais a compreensão e bom-senso de vocês –

Abud insistiu. – Como vocês sabem, a Embaixada do Egito fica em Brasília e o consulado, no Rio de Janeiro, temos só um escritório comercial aqui em São Paulo. Estou tentando localizar o embaixador. Por favor, tenham um pouco de paciência.

– Mas ele não tem documentos– o delegado replicou. – Como vai entrar no país?

– Uma vez mais, senhor delegado, clamo por seu bom-senso – Abud insistiu em português. – Tudo o que eu quero é que ele fique em segurança até que eu providencie documentos e encontre uma solução.

– Olha, não tem jeito! – o policial, voltando a mostrar-se irritado, não esmoreceu. – Ele não pode ficar aqui, vai ter de pegar o primeiro avião de volta.

– Por lei - o delegado corrigiu o colega –, ele teria que ficar retido aqui.

Milena ouvia atenta a discussão e ficava cada vez mais aflita. Tão aflita quanto o próprio Hisham.

– Eu já lhes disse, senhores, não há voos diretos para o Cairo! – Abud seguiu argumentando. – Me deixem localizar algum familiar para garantir que ele volte em segurança.

– Entenda, senhor Abud – o policial contra-argumentou –, que minha obrigação é me preocupar com a segurança do meu país.

– Ele é um garoto de treze anos, meu senhor! É inofensivo! Que risco ele pode significar para a segurança de seu país? Tenha um pouco de piedade e bom-senso.

– Bom-senso? Ele teve bom-senso quando planejou esta fuga ridícula?

Foi só então que Milena resolveu agir.

– Pai! – ela cochichou. – Por favor, faça alguma coisa!

– Hã? – Rafael não entendeu. – Mas o que eu posso fazer?

– Proponha que ele fique com a gente.

– Você está louca? – ele cochichou de volta.

– Ele perdeu os pais dele! Você sabe o que é isso?

Ele perdeu os pais, ela disse. Perdeu os pais. E Rafael se sentiu atordoado. Mais do que ninguém naquela sala, talvez em todo o aeroporto, ele sabia o que era isso.

Milena não se deu conta de imediato no que havia dito para deixá-lo daquele jeito. Quando caiu em si, fez menção de lhe pedir desculpas, mas não teve tempo.

– O que vai acontecer com ele, afinal? – Rafael perguntou.

– No que depender de nós - o policial arredio reforçou –, ele pega o primeiro voo para qualquer lugar do mundo. Porque preso ele não pode ficar.

– Ah, claro, nem pensar! – Rafael emendou com sarcasmo. – Isso poderia cair nos ouvidos da imprensa e o estrago estaria feito.

– Pois é! – o delegado assentiu. – Era neste ponto que eu queria chegar!

– Qual seria a saída legal, senhor delegado?

– Pela lei, ele ficaria detido até a deportação. Agora, onde ele ficaria detido...

– Não há outra saída? – Rafael questionou. – Digamos que, se alguém aceitasse se responsabilizar por ele, o senhor Abud aqui teria tempo para investigar o que aconteceu e, mais importante, providenciar um passaporte e um visto temporário para ele, até sua família ser localizada para que ele retorne para seu país em segurança. Seria possível considerar essa hipótese?

– E quem seria o louco – o policial respondeu ainda mais irritado – que aceitaria este abacaxi?

– Prazer, Rafael! Ou, se preferir, "o louco"! – o pai de Milena respondeu estendendo a mão e deixando o policial sem ação.

9

Condicional

Quando entrou no carro de Rafael, Hisham ainda não havia entendido toda a discussão que se arrastou por mais de uma hora na sala da Polícia Federal, tempo durante o qual Abud e Rafael negociaram à exaustão com o delegado, alegando razões humanitárias, assumindo os compromissos necessários, tentando persuadi-lo a fazer uma "liberalização", argumento que Rafael explorou ao extremo.

O delegado o tempo todo tentou lhes explicar que a Lei 6.815 do Ministério da Justiça determinava a pena de deportação para um clandestino. No entanto, as argumentações de Abud e Rafael foram tão incisivas que ele aceitou pedir uma sugestão para um de seus superiores no Ministério. E ouviu perplexo que haveria uma saída, sim, um tanto controversa e discutível, mas que teria alguma base legal: um parágrafo único daquela mesma lei determinava que na impossibilidade de saída imediata do clandestino, o Ministério da Justiça poderia permitir sua entrada condicional, mediante termo de responsabilidade da empresa transportadora, assegurada manutenção e fixando prazo para saída e local de permanência.

– Uma vez que não tenho como responsabilizar a FAB – o delegado explicou, enquanto assinava o documento provisório –, fica o senhor mesmo como responsável, enquanto o senhor Abud providencia o passaporte e o visto para o garoto, e tenta fazer contato com seus familiares no Egito.

O delegado ainda fez uma exigência em caráter completamente pessoal. "Me entenda, senhor Rafael", ele pediu sorrindo, "não é só o senhor que está assumindo uma grande responsabilidade. Mesmo que eu tenha o aval de um superior, isso pode complicar minha posição." A família de Milena deveria ainda levar Hisham todos os dias para se apresentar na delegacia do Campo Belo, de forma que a Polícia Federal ficasse o tempo todo de olho nele. Ao despedir-se, entregando a Rafael seu cartão pessoal, ainda completou:

– Caso tenha qualquer problema, por favor, me ligue. A qualquer momento.

Para Hisham, foi tudo uma grande confusão. Jamais imaginou que seu ato impensado pudesse causar tamanha dor de cabeça.

– Dor de cabeça, Hisham? – Rafael achou graça quando ele se desculpou, comemorando como criança esse que foi um dos maiores feitos de sua vida. – Você teve sorte, mas muita sorte! Eu esperava ficar aqui discutindo com eles até amanhã cedo para convencê-los a deixar você conosco e não deportá-lo imediatamente. Considere-se um predestinado, garoto!

Tudo que Hisham havia entendido até ali – e sentiu um enorme alívio quando Milena lhe contou em poucas palavras – era que ficaria hospedado na casa dela, exatamente como havia sonhado. Após se sentar no banco traseiro e ajustar seu cinto de segurança, quase que aos soluços disse algo ininteligível, cerrando os olhos e espalmando as mãos.

– Agradeci a Alá na minha língua! – ele explicou a Milena. – Por ser um predestinado, como o senhor Rafael acabou de dizer. Por tudo ter dado certo, depois de tanto medo que senti!

No fundo, Hisham queria gritar de alegria, mas o ambiente estava visivelmente pesado. Foi impossível não perceber a contrariedade da mãe de Milena.

Rafael logo saiu do estacionamento e tomou o caminho de volta para São Paulo. Calada, Milena estava preocupada com a reação que a mãe poderia ter e – como não considerar? – como lidaria com Hisham em sua casa. Sabia que seus costumes eram muito diferentes, mas o que mais a preocupava naquele momento era a alimentação do amigo. Ela ainda tentava se lembrar do que mais ele não podia comer além de carne de porco, quando Carolina quebrou o silêncio voltando-se para ela.

– Foi você quem armou isso, não foi?

– Não, mãe! – Milena respondeu amedrontada. – Juro que não tenho nada a ver com isso.

Procurando acalmar a mulher, Rafael contou o que havia acontecido na sala da Polícia Federal. Que ele mesmo havia se responsabilizado por Hisham, que havia recebido um documento com a chancela do Ministério da Justiça comprovando sua situação provisória. Carolina, entretanto, não se convenceu.

– Mas por que a Polícia Federal ou esse representante egípcio não ficaram com ele? São eles que deveriam dar abrigo ao garoto! Não se coloca um estranho em casa desse jeito.

– Eu decidi me responsabilizar por ele – Rafael respondeu. – Eu sei o que ele está passando. E ele poderia ficar detido. Você faz ideia de como seria?

– Ah, o senhor sabe o que ele está passando? Então me explique, pois ainda não entendi!

– Será que você não ouviu o que acabei de falar? – Rafael se irritou, erguendo o tom de voz. - Ele perdeu os pais, entendeu? Ele perdeu os pais aos treze anos. Assim como eu!

Carolina ficou paralisada, ao ser lembrada do maior trauma da vida do marido, que havia perdido pai e mãe num acidente de trânsito.

– Sei mais do que ninguém o que é isso. Sei o que é você se ver sozinho neste mundo com um irmão menor para tomar conta. Sei o quanto dói. A gente se sente sem rumo, perde o chão.

– Tudo bem, Rafael, mas você não devia se sentir obrigado a...

– Eu não me senti obrigado a nada – Rafael devolveu ainda mais irritado. – Eu *quis*, entendeu? Eu quis, e pronto. Você não ajuda pegando pesado desse jeito! E, se você não está a fim de me ajudar, tudo bem, eu assumo isso sozinho, tá legal? Já tomei a decisão, quer você aceite ou não!

Após alguns minutos de silêncio sepulcral, Milena sussurrou para Hisham o motivo que sensibilizou Rafael. Involuntariamente, Hisham olhou para o retrovisor e seus olhos cruzaram com os de Rafael.

– Você está com fome? – Rafael perguntou em inglês.

– O senhor Abud me trouxe um lanche. – Hisham negou com a cabeça, para depois aproveitar o gancho e dizer com sinceridade: – Sinto muito, senhor Rafael! Pelo trabalho que estou dando e pelo que aconteceu a seus pais.

– Não precisa sentir muito, garoto. Mas, pelo amor de Deus e de Alá, não me faça sentir muito. Em momento algum.

Hisham engoliu em seco e tentou falar com Carolina, mas Milena o deteve:

– Ela não fala inglês. Mas não se preocupe, ela vai se acalmar.

– Claro que me preocupo! Eu preciso tentar me explicar para ela. Vocês estão brigando por minha causa e eu não quero isso.

– O pior já passou.

Hisham preferiu se calar. Uma vez mais agradeceu a Alá por Milena ter vindo socorrê-lo, e passou a observar os carros, as avenidas, o rio poluído, o movimento no final de mais um dia de verão. Enquanto isso, Milena apreciava sua expressão de alívio, achando incrível que seu amigo estivesse realmente a seu lado. Seu sonho se tornara realidade, afinal de contas. Sorrindo, ela o provocou com um leve tapa no braço.

– Seu maluco! Você faz ideia de como sua tia deve estar agora?

– Problema dela! – Hisham grunhiu entre os dentes.

– E seus irmãos? Eles devem estar preocupados com você. Você pensou neles quando decidiu fugir?

Não, não havia pensado. Nem deixado um bilhete para acalmá-los. Mais um furo em seu plano, prova de que não era tão inteligente e maduro quanto imaginava.

– Você vai ligar para seu tio Samir e dizer onde está, não é?

– O senhor Abud pediu que esperássemos um pouco – Rafael os interrompeu. – Ele mesmo quer falar com o tio de Hisham. Ele ficou de me ligar amanhã para dizer o que conseguiu investigar e o que o cônsul ou o embaixador dizem. Enquanto isso, precisamos comprar algumas roupas para ele. Uma bermuda, algumas camisetas, cuecas...

O pai de Milena já parecia mais calmo. Tanto que logo em seguida quis matar sua curiosidade.

– Estou impressionado com seu inglês, garoto! Nunca vi um árabe falar tão bem quanto você.

– Eu estudo desde criança na escola britânica do Cairo.

– Então você joga críquete?

– Infelizmente, forçado! – Hisham respondeu com um trejeito que fez pai e filha rirem. – Gosto mesmo é de futebol. E admiro muito mais os jogadores brasileiros que os ingleses.

– O Egito tem um bom time?

– Temos quatro títulos da Copa das Nações Africanas, mas só participamos duas vezes da Copa do Mundo, uma em 1934 e a outra, em 1990. E sempre caímos na primeira fase.

– E você, joga bem?

– Tão bem quanto os Ronaldos! – Hisham fez graça.

Rafael deu uma risada gostosa, apreciando o senso de humor do garoto. Algum tempo depois, Hisham se voltou para Milena.

– Você tinha razão. É uma cidade muito grande.

– É grande e vai se acostumando, porque o trânsito aqui é um inferno!

– O trânsito do Cairo é bem pior! – ele discordou. – Quantas pessoas vivem em São Paulo?

Milena não soube responder. Mas Rafael veio em seu socorro.

– Sabe, Hisham, cada um diz uma coisa. Imagino que, na cidade de São Paulo, deve haver uns 10 ou 11 milhões de habitantes. Na Grande São Paulo, que abrange várias cidades, acredito que são uns 13 ou 14 milhões!

– Menos que o Cairo – Hisham comentou. – Lá, somos quase 16 milhões.

Com os olhos arregalados, Rafael se virou para trás e exclamou surpreso:

– Uau! Não sabia disso!

Foi quando Rafael percebeu o semblante preocupado da filha. Tentou acalmá-la, dizendo que tudo ficaria bem.

– Eu também espero, mas estou preocupada, pai. Ele não come um monte de coisas, por causa da religião, que não permite.

– Esse é o menor dos problemas, minha filha. Garanto que ele não vai passar fome.

Rafael pediu à mulher que ligasse para Mariana, a preparasse para a novidade e avisasse que eles ainda demorariam para chegar.

– Ânimo! – ele brincou com Carolina, provando que já estava de bom humor. – Minha intuição diz que isso dura pouco.

Mas não adiantou. Carolina seguiu cismada.

10

Um estranho em casa

Cerca de uma hora depois, Mariana abriu a porta e se espantou quando Milena a apresentou para Hisham.

– Este é seu amigo egípcio? Meu Deus, como ele veio parar aqui?

– É uma longa história! – Rafael explicou fechando a porta. – A gente vai contar e você vai ser bem discreta! Ouviu?

Mariana observou Hisham da cabeça aos pés antes de disparar com ironia:

– Vamos combinar, Milena, o cara é bem feinho, hein?

– Dispenso seus comentários! – Milena rebateu indignada.

– Aliás, Milena, o Leonardo acabou de ligar. Parece que está uma fera, liga logo pra ele!

– Quero que ele exploda! – Milena murmurou entre os dentes.

– Já vou dizendo, Hisham – Mariana o cumprimentou com um inglês arrastado –, não falo inglês como meu pai ou minha irmã, então você precisa falar devagar comigo.

Hisham sorriu, sentindo-se bem recebido. Suspirou fundo e disse com exagero:

– Vocês não fazem ideia de como estou aliviado. Eu estava... estava apavorado! Não sei como agradecê-los!

– Procure se acalmar! – Rafael o consolou, pousando a mão em seu ombro. – O pior já passou. Depois de um banho, tenho certeza de que você vai se sentir bem melhor.

Hisham suspirou de novo e só então olhou para todos os lados, apreciando cada detalhe do apartamento onde Milena morava. Pela primeira vez na vida, conhecia a casa de uma família ocidental. E gostou do que viu.

– O senhor tem um belo apartamento. E uma família bonita.

Rafael sorriu, gostando do elogio.

– A família é mesmo bonita – ele fez piada –, mas quanto ao apartamento é bondade sua. Estamos ensaiando uma reforma há algum tempo, alguns móveis precisam ser trocados, mas... não podemos nos queixar. Eu e minha esposa trabalhamos duro para manter este padrão de vida, mas somos felizes.

Carolina acenou para que Hisham a seguisse. Separou roupas do marido, arrumou uma toalha e disse com palavras e gestos para seu hóspede tomar um banho. Quando Carolina estava saindo do banheiro, Hisham a chamou, tentando perguntar algo, o que a obrigou a chamar Milena.

– Ele quer saber como funcionam a torneira e o chuveiro. – Milena se divertiu.

Hisham tomou banho e não chorou. Sentia-se cada vez mais relaxado, o que ele considerou que era um bom começo.

Uma hora depois, todos se sentaram para comer, ainda rindo ao verem Hisham numa bermuda e numa camiseta muito largas para ele. Ele comeu com voracidade os três pedaços de pizza que lhe ofereceram.

– Não falei que ele não passaria fome? – Rafael brincou com Milena. – Afinal, o que ele não pode comer?

– Carne de porco, com certeza. Preciso ver o que mais.

Quando Mariana ofereceu a Hisham uma bebida, ele arregalou os olhos para a garrafa de refrigerante à sua frente:

– Isso é guaraná, não é, Milena?

– Você já tomou guaraná? – Mariana perguntou, curiosa.

– Tomei esta manhã, os pilotos do cargueiro me serviram.

Mariana então pediu que lhe explicassem como aquele garoto havia chegado ao Brasil. Ela se chocou por saber que seus pais haviam desaparecido com o *tsunami*. Depois, ficou impressionada com a viagem clandestina que ele realizou.

Com a ajuda do pai e da irmã, Mariana seguiu perguntando coisas mais leves. Fez brincadeiras graciosas, o que deixou Hisham mais à vontade. Um gesto que agradou Milena.

– Ele é um doce de pessoa – Mariana disse em português, quando todos terminaram de comer. – Coitado, perder os pais e o irmão desse jeito! Quantos dias ele vai ficar aqui com a gente?

– Não faço ideia – o pai respondeu. – O consulado precisa providenciar passaporte e visto, e fazer contato com a família dele.

– E, enquanto isso, o que fazemos com ele?

– Enquanto isso – Carolina não deu tempo ao marido –, quero que as duas colaborem e o vigiem. Já que o seu pai aceitou pegar essa batata quente, vamos esfriá-la e comê-la.

– E, cuidado, não fiquem falando mais do que devem por aí – Rafael emendou, depois de protestar com a mulher. – Não digam em hipótese alguma que ele entrou clandestinamente no país. Se alguém perguntar, digam que é o filho de um conhecido meu que veio ficar alguns dias conosco.

As duas se olharam espantadas, considerando o alerta.

– E juízo, vocês três – ele emendou em português. – Não me sinto muito confortável sabendo que minhas filhas vão ficar sozinhas em casa com um garoto.

– Ele é muçulmano, pai! – Milena sussurrou, enquanto Hisham, desconfiando do que falavam, ergueu as sobrancelhas. – Os preceitos morais dele são muito rígidos.

– Ainda assim, ele é homem! – Rafael fez graça, com um sorriso amarelo, fazendo Milena balançar a cabeça; em seguida, ele emendou em inglês: – Vocês duas decidam em qual quarto ele fica. E sem brigas por dormirem juntas, entenderam?

– Não, não! – Hisham se adiantou. – Eu posso dormir aqui na sala!

– Sem estresse, Hisham! – Mariana o calou. – Basta você não fazer bagunça no meu quarto.

– Seu quarto? – Milena indagou estupefata.

– E pode ligar o som, se quiser.

– Meu Deus, vai chover! – Milena alfinetou.

– Vem comigo, Hisham! Vou mostrar a casa pra você.

– Mais uma coisa, Hisham – Rafael o deteve. – Acho que não vai fazer mal se você ligar para seu tio amanhã cedo. Só para ele saber que você está bem e acalmar seus irmãos.

Hisham abriu um sorriso bonito, olhando para cada um deles com simpatia. Seus olhos castanhos, antes esbugalhados e assustados, agora brilhavam.

– Agradeço uma vez mais pelo que vocês estão fazendo por mim.

– Vá descansar, garoto! Você deve estar exausto.

Hisham seguiu Milena e Mariana. E em poucos minutos, de tão esgotado que estava, se deitou e caiu num sono profundo.

11

Conforto

Passava das nove horas da manhã quando Milena acordou. Não havia dormido tão bem como de costume, preocupada que estava com o amigo. Com todo cuidado, abriu a porta do quarto da irmã e espiou. Imaginou que Hisham ainda dormisse, mas ele se mexeu, ao perceber que a amiga estava ali.

– Posso entrar? – ela perguntou. – Ou sua religião não permite que eu entre no quarto em que você dorme?

– Deixe de bobagem, Milena, você está em sua casa! E estou acordado faz tempo.

Milena entrou e seu coração ficou apertado ao ver Hisham enxugando algumas lágrimas.

– Ah, Hisham! Você não conseguiu dormir?

– Dormi muito bem, Milena, fique sossegada! – ele garantiu, fungando o nariz. – Não consigo parar de pensar neles e fiquei triste. Vai ser difícil me conformar.

– Você gostava muito de seus pais?

– Eu amo toda a minha família. Terei muita saudade dos três.

Milena engoliu em seco, sem saber o que dizer.

– E você, ama sua família? – Hisham perguntou.

– Você sabe que tenho problemas com eles. Já lhe disse que sou uma pessoa difícil. Não sei se posso amar alguém.

– Eles podem lhe fazer falta um dia, Milena. Estou passando por isso agora mesmo.

Milena sorriu, considerando difícil a possibilidade de se dar bem com sua família.

– Queria pedir um favor... Claro, se for possível.

– Qualquer coisa, Hisham. Pode pedir.

– Será que seu pai ou sua mãe poderiam me levar a uma mesquita? Eu preciso muito rezar por minha família.

Milena novamente sorriu, cheia de benevolência. Não era um pedido difícil de ser atendido.

– Eu vou pedir, sei que eles vão dar um jeito.

Milena o levou até a cozinha e perguntou o que ele queria de café da manhã. Hisham pareceu mais animado, observando curioso todos os detalhes ao redor.

– Posso fazer o que você quiser. Quer panquecas?

– Um dia desses, quem sabe.

Milena o deixou à vontade para preparar um chá com torradas, enquanto ela fazia seu leite com achocolatado e um pão com margarina.

– Queria tirar uma dúvida – ela falou devagar. – Devia ter perguntando isso ontem, mas não tive coragem. É sobre... sobre seus costumes, seus hábitos...

– Qual é sua preocupação, Milena? – Hisham sorriu, achando graça no encabulamento da amiga. – Fiz algo que não devia?

– De jeito nenhum! É que... Queria saber o que você pode e o que não pode comer. É isso!

Hisham riu a valer. E explicou:

– Já lhe expliquei muitas vezes que o Egito é mais liberal que outros países árabes. Eu sou religioso, rezo para Alá duas vezes ao dia, mas não se preocupe, são poucas as coisas que não posso comer.

– Mas você disse que...

– É só carne de porco, Milena – ele garantiu. – Fique sossegada quanto ao resto.

Milena sorriu, parecendo satisfeita. Assim que terminaram de comer, ela se lembrou do que seu pai dissera na noite anterior.

– Ligue para seus irmãos, Hisham. Só para acalmá-los.

Nem um pouco convicto, Hisham tentou um número e não conseguiu nada. Tentou outro, pareceu tenso e então se alegrou por falar com o irmão Anwar. Conversaram por alguns instantes, mas depois Hisham ficou furioso com alguma coisa. Milena logo entendeu que a tia Bahira havia tomado o telefone de Anwar. Hisham falou muito pouco com ela, mas chegou a discutir aos brados, até que bateu o telefone.

– Tentei falar com meu tio Samir, mas não consegui encontrá-lo. Só falei com Anwar.

– E com sua tia, que tomou o telefone dele.

– Exatamente! Mal dei chances para ela reclamar. Disse que só falaria com meu tio Samir e que não queria nunca mais vê-la.

Milena achou graça. E fez piada:

– Eu não faria melhor que isso.

Milena perguntou o que ele gostaria de fazer, mas ele garantiu que estava muito bem, que gostaria de ficar conversando com ela, como havia tanto sonhado.

Quando Carolina passou em sua casa às onze da manhã, encontrou as filhas e Hisham conversando na sala, rindo a valer, completamente à vontade. Não havia mais nenhum sinal de angústia ou tristeza.

– Ah, ele está bem melhor hoje, não está?

– Está – Mariana respondeu –, e não sossegou enquanto não fez panquecas para mim. Que, admito, estavam uma delícia! Se prepara, mãe, ele é alucinado por cozinhar. Quer fazer quibe, abobrinha recheada, carneiro, um monte de coisas!

– Fazer panqueca é uma coisa... – Milena zombou. – Agora, as outras coisas, já acho um tremendo risco!

Carolina caiu na risada, o que deixou Hisham surpreso por vê-la tão simpática. Ela então perguntou aos três onde eles queriam comer.

– Ele quer de qualquer jeito fazer o almoço – Milena disse sem segurar a risada. – Deixo ou não?

– Hoje não. Primeiro, quero que ele experimente meu feijão com arroz – Carolina respondeu rindo, certa de que aquilo era uma piada.

– Vamos até a delegacia, ele precisa se apresentar. Depois, eu levo vocês para comer algo rápido.

Ninguém discutiu e Hisham gostou de saber que faria um passeio. Até vestiu a calça com a qual viajou, ignorando os apelos de Milena, que garantiu que ele sentiria calor.

A passagem pela delegacia demorou pouco mais que vinte minutos e foi tranquila. Bastou que o delegado o visse, que Carolina mostrasse o documento da Polícia Federal e que assinasse um documento de controle. Ela ainda perguntou se suas filhas poderiam trazer o garoto para se apresentar e o delegado confirmou que não haveria problema. E os liberou.

Durante o passeio, Hisham fez vários comentários. Primeiro, achou o bairro de Campo Belo bonito, por suas ruas, casas e prédios. Milena lhe disse que o prédio onde eles moravam era um dos mais antigos do bairro. Hisham também notou o movimento intenso de gente indo e vindo, embora dissesse que era menor que o do Cairo. Mariana riu, dizendo que o levaria até o centro da cidade para ele ver o que era movimento. Até que ele exclamou:

– Há tanto homens como mulheres nas ruas!

– E nenhuma com o rosto coberto por burca ou lenço, percebeu? – Milena enfatizou.

– Como já disse, Milena, no Egito as mulheres não usam burca.

Interessada na conversa, Mariana pediu para Milena que lhe perguntasse qual o nome do lenço que algumas mulheres árabes usavam sobre a cabeça.

– *Hijab* – explicou Hisham. – No Egito, é muito usado.

– E o que é o *niqab*? É diferente, né? – Carolina perguntou, curiosa.

– *Niqab* é diferente, sim. É aquela máscara – Milena explicou à mãe depois que Hisham respondeu. – Diz ele que é mais usado no Irã, na Arábia Saudita...

– E é bom que você saiba – Hisham não quis deixar passar a chance de devolver a alfinetada da amiga – que no Egito as mulheres também estudam e trabalham. Não somos assim tão atrasados como você insinua!

Milena riu dele. Estava prestes a pedir que perdoasse a brincadeira, explicar que só queria provocá-lo, mas naquele instante se deu conta de onde Carolina os levou para almoçar e teve um arrepio: o que a mãe tinha na cabeça para levá-los a uma lanchonete árabe?

– Mas por que este preconceito, minha filha? Tenho certeza de que ele vai adorar.

Para a surpresa de Milena, que não gostava de lanchonetes árabes, Hisham realmente adorou. Disse que não era a comida árabe à qual estava acostumado, que por certo fora adaptada para o gosto local, mas achou tudo delicioso. Só ficou espantado quando o garçom passou com uma esfirra com carne bem vermelha e ouviu Milena explicar, aos risos, que era de linguiça calabresa.

– Gente, que incrível! – Mariana brincou. – Ele é magro, mas come que é uma beleza!

Enquanto comiam, Milena comentou com a mãe sobre o pedido que Hisham lhe fizera pela manhã.

– Uma mesquita? Mas onde vou achar uma mesquita?

– Como assim, onde? – Mariana caçoou. – Acorda, mãe! Estamos numa lanchonete árabe!

– E você sonha encontrar algum árabe nessa lanchonete?

Balançando a cabeça, Mariana se levantou e foi falar com o gerente da lanchonete. Perguntou se ele era árabe.

– Não, o dono é árabe.

– Ele está? Preciso falar com ele.

O homem disse que, por uma rara coincidência, o dono estava no momento. Chamou um senhor gordo de mais de cinquenta anos, que veio ressabiado, imaginando que Mariana quisesse reclamar de alguma coisa.

– O senhor tá vendo aquele garoto ali? Ele é um amigo nosso do Egito e pediu que o levássemos a uma mesquita. O senhor sabe me dizer onde é a mesquita mais próxima?

Achando que Mariana estava zombando dele, o homem não respondeu. Foi até a mesa a passos lentos e fez uma saudação em árabe para Hisham. Extasiado, o garoto se ergueu sorrindo e cumprimentou o homem com uma reverência. Depois de conversarem um pouco, Hisham apontou admirado para mais uma bandeja com esfirras de linguiça calabresa. O homem caiu na gargalhada e disse algo que fez Hisham também gargalhar.

– Ele está chocado com a esfirra de calabresa. Eu disse pra ele: "Bem-vindo ao Brasil!".

Mais simpático, o homem se voltou para Carolina e explicou:

– Há algumas mesquitas no Brás, nos Jardins, mas a mais próxima daqui é a mesquita de Santo Amaro. Fica numa travessa da avenida Interlagos, não é muito longe.

Ele foi até o caixa, apanhou um pedaço de papel, voltou com o endereço anotado e fez um mapa. Carolina agradeceu dizendo que sabia onde ficava. Depois, disse que, se Hisham não demorasse muito, poderia levá-los.

– Você está com sorte, Hisham! – Mariana cochichou. – Minha mãe está começando a gostar de você.

Eles chegaram em quinze minutos à mesquita de Santo Amaro, um prédio que fez os quatro arregalarem seus olhos, sem imaginar que naquela região de São Paulo pudesse existir um templo tão curioso. Estacionaram o carro e se detiveram na entrada. Enquanto descalçava os tênis, Hisham se voltou para as três, parecendo hesitar em dizer algo.

– Sim, eu sei – Carolina lhe disse em português, gesticulando. – A gente espera aqui, mas não demore muito.

– Como assim? – Milena não entendeu. – A gente não vai entrar?

– Mulheres não podem entrar numa mesquita – Carolina explicou –, pelo menos não no recinto dos homens. As mulheres têm um lugar próprio, sempre atrás de onde os homens ficam, ou numa galeria superior.

– Que absurdo é esse, Hisham? Você sonha que vai entrar aí sozinho? Nem pense, eu...

Sorrindo com embaraço, Hisham não respondeu e pediu licença, dizendo que não demoraria.

Entretanto, ele demorou bem mais do que Milena esperava, embora Carolina em momento algum tivesse se mostrado impaciente.

Passados mais de dez minutos, um tempo muito curto para a maioria das pessoas, porém não para os paulistanos, Milena sabia, um rapaz apareceu e acenou para que as três o seguissem. Carolina e as filhas foram conduzidas até uma sala onde encontraram Hisham sentado numa cadeira com os olhos cheios de lágrimas. À sua frente, um homem barbudo sorriu com simpatia ante a entrada das três. Ele usava óculos, vestia uma roupa branca e um turbante; do seu peito pendia uma grande medalha presa a uma corrente.

– Muito obrigado por terem trazido este garoto aqui. Agradeço também por respeitarem nossos costumes e não terem entrado na mesquita. Pode lhes parecer estranho, mas não se trata de machismo – ele tentou se justificar, enquanto Milena e Mariana seguravam a risada nem um pouco convencidas, e Carolina acenava para que ele não se preocupasse com aquele detalhe –; trata-se de um costume milenar. Peço a compreensão das três.

– Algum problema? – Milena estava preocupada. – Por que ele está chorando?

– O problema – o homem sorriu – foi o que ele fez.

– Hisham! – Milena o repreendeu. – Mas nós não falamos pra você tomar cuidado e não sair falando da sua vida?

– Eu sou o *sheik* desta mesquita – o homem se explicou. – Ele estava rezando quando me viu e veio falar comigo. Contou tudo o que aconteceu com os pais e o irmão. Não se preocupe, ele não disse nada que não devesse. Só quis desabafar, pedir um conselho. Eu o consolei devidamente. Disse que fez bem em vir aqui e que rezasse muito. Primeiro, pelos pais e pelos irmãos. Depois, para que Alá o ajudasse a voltar para o lado de seus irmãos, que é onde ele deve ficar.

Carolina sorriu, concordando com o homem.

– Tivemos uma boa conversa e estou certo de que ele vai refletir sobre as coisas que eu lhe disse. Quero saber se posso ajudá-los. Se por qualquer motivo vocês não puderem ficar com ele, posso arrumar uma família que o hospede e se responsabilize por ele.

– Para nós não há problema algum – Milena respondeu irônica. – Não sei se pra ele vai ser um grande problema passar alguns dias ao lado de duas garotas brasileiras.

– Que problema haveria em passar alguns dias ao lado de duas garotas tão bonitas? – o *sheik* a surpreendeu.

– Não se preocupe com isso – Carolina se antecipou, temendo tomar qualquer decisão sem o conhecimento de Rafael. – Ele vai ficar conosco pelo tempo que for necessário.

– Muito obrigado por sua generosidade, senhora – o *sheik* agradeceu, fazendo a mesma reverência que Hisham havia feito para o dono da lanchonete.

O homem, então, pediu que Carolina lhe informasse seu telefone e endereço. E entregou um cartão a Hisham, dizendo:

– Ligue para mim se precisar de alguma coisa. A qualquer hora.

Então eles se foram.

Assim que Carolina os deixou no prédio, Milena levou Hisham para conversar à beira da piscina.

– Não fique chateada comigo – ele pediu, percebendo que ela estava brava. – O *sheik* é uma pessoa de confiança.

– Você pode ter causado problemas ao meu pai. Quem é ele, afinal de contas?

– A autoridade religiosa da mesquita. Eu não menti para você, fui rezar para meus pais e meu irmão.

– E se ele fizer uma denúncia? Ou então...

– Tenho certeza de que ele não vai fazer nada disso.

– E o que ele disse que deixou você tão chateado?

– Disse que eu não deveria ter fugido daquela forma, que deveria ter me inspirado no Alcorão e ter agido com sabedoria.

– Você tem treze anos, Hisham!

– Para ele, eu *já* tenho treze anos – Hisham ponderou, sorrindo. – Quando ele falou que eu deveria ter agido com sabedoria, quis dizer que, antes de tomar a decisão de fugir, eu deveria ter rezado mais para Alá, que Ele teria me guiado.

Menos aborrecida, Milena pensou consigo mesma antes de argumentar com um sorriso maroto:

– Será que não foi Alá quem guiou e cuidou de você? Será que Alá não queria que você viesse para o Brasil me encontrar?

Hisham sorriu, meneando a cabeça como se dissesse que ela poderia ter razão. E depois, acrescentou:

– Não sei como você encara sua religião, Milena. Você entende por que eu falo tanto em Alá? Você se incomoda com isso?

– De forma alguma! Pra ser franca, fico até envergonhada, pois há muitos meses não vou a uma missa.

– Desde pequeno aprendi a confiar em Alá. Eu queria tanto rezar, porque ainda não compreendo por que Ele levou meus pais e me deixou nas mãos de uma pessoa tão cruel.

– Isso foi tudo o que o *sheik* disse?

– Antes de sairmos, ele também disse que, agora que eu estava seguro e sob o cuidado de pessoas generosas, deveria acalmar meu coração. Que ele mesmo vai ligar para o cônsul, que vai me ajudar a voltar para o Egito e que, quando voltar, eu devo aceitar o que Alá irá fazer por mim.

Hisham ficou curioso com o breve sorriso que ela lhe deu. Teve a impressão de que Milena, apesar do que havia dito, fazia pouco-caso de sua crença. Ela, entretanto, trouxe do coração um comentário que Hisham não haveria de esquecer.

– A gente tem um ditado aqui no Brasil que traduz bem o que o *sheik* disse: "Deus escreve certo por linhas tortas".

Hisham pensou por alguns instantes. E Milena emendou:

– Está feito, Hisham, não há por que sofrer sem razão. Se anime e aproveite a experiência, enquanto o consulado tenta encontrar uma solução para o seu caso.

Sorrindo, Milena olhou para o céu. O sol raiava forte, fazia muito calor. Depois olhou para alguns garotos que mergulhavam, fazendo algazarra.

– Vamos nadar, passear, ir ao cinema... Afinal, não sonhamos tanto em nos conhecermos pessoalmente? Nosso sonho se tornou realidade, cara! Vamos curtir!

E Hisham, caindo em si, abriu um sorriso extasiado.

12
Acolhimento

Milena e Hisham passaram a tarde conversando na piscina, sem que o cansaço ou a falta de assunto os calasse. Foi bom para ela perceber que o amigo aos poucos superava sua tristeza e não perdia em momento algum seu senso de humor. Principalmente quando ele confessou que nem mesmo no liberal Egito uma garota usaria um biquíni.

– No Brasil – ele se justificou –, tenho que respeitar os hábitos dos brasileiros. Alá há de compreender isso!

Milena se sentiu particularmente gratificada por descobrir que Hisham era muito mais divertido e espirituoso do que ela imaginava.

– Você é inteligente demais, cara! Não conheci na minha vida ninguém tão legal como você. Conta pra mim: de onde vem tanta inteligência?

– Não me julgo tão inteligente assim – ele minimizou acanhado –, mas, se você conhecesse meu pai, entenderia. Ele sempre valorizou a boa formação. Não é por acaso que estudamos na escola britânica. São poucas famílias no Egito que têm condição de manter os filhos naquela escola, e minhas irmãs não terão esse privilégio.

– Deixa ver se eu adivinho: elas são mulheres, vão arrumar um bom marido, não precisam disso. Acertei?

Embora Hisham não deixasse de achar graça no jeito com que Milena quis mais uma vez provocá-lo, ele educadamente pediu que ela se esforçasse e fosse mais generosa para compreender os costumes de seu povo. Explicou outra vez que no Egito havia mulheres que tinham liberdade para estudar e trabalhar, e que pessoalmente não concordava com a rigidez de outros países árabes, onde havia mulheres que eram tratadas de forma brutal. Mostrou claramente – e Milena se sensibilizou por isso – o respeito que tinha pelas mulheres.

– Quanto às minhas irmãs – ele então retomou, em tom de claro desconforto –, faça um esforço para entender que meu pai e minha mãe foram criados com esse tipo de pensamento: a melhor educação deve ser priorizada para os filhos homens e eles escolheram uma escola que só aceita homens... Foi isso que eu quis dizer, embora seja verdade que eles vão se esforçar para preparar minhas irmãs para um bom casamento.

– Não quis ofender você. – Milena tentou suavizar seu tom, segurando a mão do amigo.

– Sem problemas, você não me ofendeu. Mas não imagine que meu pai não ame minhas irmãs.

Durante a longa conversa, Milena percebeu que Hisham estava assanhado com a farra dos garotos do prédio.

– São seus amigos?

– Não! – Milena respondeu apreensiva. – Só os conheço de vista.

O desapontamento de Hisham foi evidente.

Quando o sol se pôs, e um pouco antes do jantar, Hisham pediu licença a Milena e Mariana e foi para o quarto, explicando que precisava rezar. As duas sorriram, admiradas com sua fé.

Nesse ínterim, Milena atendeu ao telefone e lamentou ao ouvir a voz de Leonardo. Disse que não queria conversar com ele, que ele havia sido grosso na última vez em que conversaram quando ela estava no Rio de Janeiro e, mais importante de tudo, estava com um primo distante em casa e precisava dar atenção a ele.

– Milena, eu exijo conversar com você! – Leonardo insistiu.

– Ah, Leonardo, se enxerga – ela rebateu irritada. – Já disse, preciso de um tempo pra dar atenção ao meu primo. Quando ele for embora, eu ligo pra marcar uma conversa com você.

E bateu o telefone.

– Escuta – Mariana a deteve, depois de chamá-la de cara de pau. – Por que você não resolve de uma vez esse lance? Tá na cara que você quer dar um pé nele!

– Isso é problema meu! – Milena encerrou a discussão.

Meia hora depois, sentindo-se mais leve, Hisham saiu do quarto e tentou pedir algo para Carolina sem conseguir se fazer entender. Sabendo que Milena estava no banho, Carolina foi atrás de Mariana, que falava com uma amiga ao telefone, e pediu que a ajudasse.

– Ele quer fazer o jantar.

Mariana desligou o telefone para se divertir com a cena. Os dois tentavam se entender por gestos, ele querendo ajudar e garantindo que sabia cozinhar, ela certa de que o garoto faria de sua cozinha um caos. Carolina, porém, não contava com a persistência de Hisham. Muito menos que ele houvesse assimilado tão rápido algumas palavras em português.

– Tá bom, tá bom! – ela enfim cedeu. – Deixo você fazer o arroz e a salada. Tudo bem?

– "Arroiz i salada"? *Rice and salad, isn't it? All right*! Tudo bem! – ele comemorou satisfeito.

Hisham fez um arroz incrementado, com um tempero à sua moda, amêndoas e uvas passas, que deixou as três admiradas. Depois, fez a salada. E ainda opinou no tempero da carne de panela, o que foi mais difícil para Milena traduzir.

Durante o jantar, Rafael perguntou com bom humor como Hisham havia passado o dia. Também lhe deu os parabéns pela ajuda no jantar, disse que o arroz estava magnífico. E também aprovou a iniciativa da mulher em levá-lo à mesquita. Nem sequer ficou aborrecido ao saber que ele havia conversado com o tal *sheik*.

Um pouco mais tarde, Rafael surpreendeu a filha.

– Estou cada vez mais impressionado, filha. Você está falando inglês muito bem.

– Ainda estou longe de alcançar você – ela retrucou, sentindo-se ao mesmo tempo orgulhosa e acanhada.

Embora eles conversassem em português, Hisham prestou atenção, principalmente na reação de Milena.

– Vamos acabar com essa mania de competição, pode ser? – Rafael emendou. – Tenho certeza de que você vai falar bem melhor que eu.

– E quem disse que eu quero competir com você? – Milena rebateu com petulância.

Hisham olhou de esguelha para Rafael, certo de que ele daria uma bronca ríspida na filha. Apesar disso, ele apenas balançou a cabeça e finalizou:

– Você sempre tem que estragar um momento bom!

Milena deu de ombros, ignorando o aparte do pai.

Assim que terminaram de comer, Rafael arriscou uma breve conversa com Hisham:

– Olha, não quero que você se aborreça com o que vou dizer. Estou gostando de vê-lo mais animado, mas acho que, de todo modo, você deveria manter as esperanças em relação aos seus pais.

– O senhor não acha, senhor Rafael, que, depois de tantos dias, eles já deveriam ter feito contato? As autoridades disseram que eles foram dados como mortos, assim como outros milhares de pessoas que foram arrastadas pelo *tsunami*. Agradeço por tentar me animar, mas não acredito que nos dias de hoje uma pessoa perdida demore tanto para dar sinal de vida.

– Não concordo com você! Vinte e poucos dias não são nada para uma tragédia desse tamanho. E, além disso, não faça o que eu fiz. Quando perdi meus pais, eu me revoltei, me amargurei, perdi as esperanças e o resto da minha adolescência.

Daquela vez, Hisham não pareceu relutar. Pelo contrário, sua expressão foi de quem considerou com atenção o alerta.

– Foi um milagre – Rafael foi adiante – eu ter conseguido entrar numa universidade, arranjado um bom trabalho e formado uma família. Por muito tempo, achei que não conseguiria levar minha vida adiante. Que não superaria minha dor.

Rafael deixou que Hisham refletisse um pouco mais, para depois ainda dizer:

– Repito, não perca as esperanças. E se um dia você tiver certeza de que seus pais realmente se foram... aceite de coração aberto. E vire essa página de sua vida.

Foi gostoso o que Hisham sentiu naquele momento, um prazer pelo acolhimento e pela proteção que aqueceu seu coração e que trouxe vivamente a imagem de seu pai à mente.

– Estou aqui com vocês só faz um dia – Hisham murmurou –, mas só pelo que ouvi do senhor já valeu ter feito aquela loucura!

Milena e Rafael riram com gosto de sua confissão. E o pai de Milena propôs:

– Que tal descermos para tomar um sorvete?

Carolina e as filhas vibraram com a proposta. Enquanto Hisham, comovido, murmurava uma prece de agradecimento a Alá por estar entre pessoas tão boas.

13

A estrela do pedaço

O conselho de Rafael fez bem a Hisham, que despertou com outro ânimo na manhã seguinte. Milena ficou contente por vê-lo sorrindo enquanto tomava seu café da manhã tão frugal: somente uma xícara de chá preto e torradas com margarina.

– Conta pra mim, o que você e meu pai ficaram conversando tanto ontem quando fomos tomar sorvete?

– Conversa de homens, Milena, você não entenderia!

– Nem sonhe em esconder isso de mim!

– Seu pai me colocou na parede – ele disse com malícia. – Falou que estou aqui sozinho com suas meninas indefesas. Que, se eu me atrever a fazer qualquer coisa, por mais ingênua que seja, ele me coloca no primeiro avião para a Sibéria. Isso depois de cortar o que eu tenho de mais precioso.

Milena caiu na risada, achando incrível que justo seu pai, que jamais fazia uma brincadeira maliciosa, fosse capaz de uma piada tão espirituosa.

– Seu pai é um bom homem – ele comentou, sério. – Sabe ser amável e falar as coisas que o preocupam sem ofender. Ele não merece ser tratado do jeito que você o trata.

– Como assim, do jeito que eu o trato?

– Ontem você perdeu o respeito com ele. Pior que isso, em momento algum fez menção de pedir desculpas.

– Se você acha que aquilo é perder respeito, precisa ver o que minhas amigas fazem com os pais delas.

– Isso não lhe dá o direito de falar daquele jeito.

– Valeu, tiozão! E, além do mais, a gente discutiu em português, como é que você sabe se eu faltei com respeito?

– Foi claro demais, Milena!

– Afinal de contas, de que lado você está? – ela se ofendeu.

– Definitivamente do seu lado – ele respondeu convicto. – E é por isso que repito: você devia pedir desculpas para ele.

– Ah, Hisham, vamos mudar de assunto, pode ser?

– Como você quiser. Mas estou sendo seu melhor amigo lhe dando esse alerta.

Mesmo assim, Milena não o ouviu. E gostou que Hisham fosse lavar a louça espontaneamente, antes que os dois fizessem uma longa caminhada até a delegacia.

Assim que voltaram, desceram para a piscina, animados com a bela manhã ensolarada. Milena teve que segurar a risada ante os olhos esbugalhados de Hisham ao ver uma mulher tomando sol com um biquíni minúsculo. Talvez tenha sido por esse motivo, ela pensou consigo mesma, que ele preferiu ficar na água apoiado na borda da piscina, para que aquela moça ficasse fora de seu campo de visão, enquanto conversavam.

– Você parece uma criança que nunca entrou numa piscina.

– E você devia entrar, está uma delícia.

Quando o sol já ardia forte, os mesmos garotos que haviam nadado na tarde anterior apareceram. Assim que saiu da água, Hisham percebeu que eles riam de alguma coisa.

– Não liga, não, eles são uns babacas! – Milena explicou injuriada. – Eles estão achando esquisito o calção que você está usando.

– Mas está realmente ridículo, não está? – ele achou graça. – Agradeço ao seu pai, mas cabem cinco Hishans aqui.

– E daí? Eles não têm nada a ver com isso.

Hisham, no entanto, ficou em pé de frente para os garotos, puxou o calção para os lados e caiu na risada junto com eles. Restou a Milena rir e balançar a cabeça, achando incrível que ele não se incomodasse por ser ridicularizado.

Enquanto ria da cena, Milena se lembrou de que morava naquele prédio desde que era bebê. Era uma pena que jamais tivesse feito amizade com aqueles garotos. Havia momentos em que sentia falta de amigos. Pareceu-lhe uma coincidência incrível que um deles se aproximasse naquele momento.

– E aí, Milena? Não vai apresentar seu amigo pra gente?

– Ele não fala português, Renato – ela respondeu, desconfiada.

– Uau! De onde ele é?

– É do Egito. Ele é... filho de um conhecido do meu pai, queria muito conhecer o Brasil e...

– Egito? Aí, galera! Agora saquei por que o mano aqui tá usando esse troço bizarro! Chega mais, "vamo" ser legal com ele!

Enquanto Hisham se entusiasmava com a aproximação dos garotos, Milena se afligia. Não sabia se seriam amigáveis, se o provocariam ou o hostilizariam. Os quatro garotos se apresentaram e ensinaram a Hisham como se fazia um cumprimento de mão no Brasil.

– Que língua ele fala, Milena? – Renato perguntou.

– Ele fala árabe, mas o inglês dele é perfeito.

– E você fala inglês?

– Não tão bem quanto ele, mas consigo conversar numa boa.

– Então faz o meio de campo pra gente, vai?

Não havia como recuar, Milena logo percebeu. E o próprio Hisham parecia ansioso para se integrar. Ela traduziu a conversa e logo viu que não era tão difícil. Pelo contrário, fez bem para seu ego ser o centro das atenções.

Ao contrário do que ela imaginava, os garotos não foram rudes nem inconvenientes. Fizeram brincadeiras inofensivas, ensinaram a Hisham algumas palavras em português, chegaram a fazer perguntas indiscretas que Milena se recusou a traduzir, mas em momento algum o hostilizaram. Pelo contrário, simpatizaram tanto com Hisham como com ela.

– E você vai viajar pelo Brasil? – um deles arriscou a perguntar num inglês limitado. – Conhecer a Bahia, a Amazônia, o Rio?

– Eu adoraria – Hisham confessou encabulado. – Mas acho que vai ser impossível.

– Mas o cara vem de tão longe e não vai conhecer o que o Brasil tem de melhor?

Milena achou graça e traduziu. Mas não explicou por que Hisham não poderia conhecer mais do Brasil.

– Vocês vão estar aí de tarde, Milena? – Renato mudou de assunto.

– Prometi a ele que o levaria pra conhecer o *shopping.*

– Deixa pra depois, vai? Se vocês toparem ir no final da tarde, a gente pode encarar um cinema em turma, que tal?

– Pode ser! – Milena se animou. – Mas por quê?

– Porque de tarde vai baixar uma galera do prédio lá da esquina pra jogar bola e acho que vai faltar gente. Pergunta pro seu amigo se ele não quer jogar futebol.

Antes que Milena dissesse qualquer coisa, Hisham se adiantou e respondeu em inglês, com brilho nos olhos:

– *Yes, yes, I can play football!*

– Olha aí, Milena! Você tá escondendo o ouro! Mas peraí, ele disse "*football*"? Não é "*soccer*"?

– Ele estuda numa escola inglesa – Milena se divertiu explicando. – Os ingleses se recusam a chamar o futebol de "*soccer*".

– Ah, Milena, lembrei que não tenho como jogar! – Hisham imediatamente recuou. – Não tenho calção, acho melhor não usar meu tênis para jogar, e...

– Saquei, ele não tem roupa pra jogar, né, Milena? Mas isso não é problema! – Renato se voltou para ele, falando devagar e gesticulando. – *No problem*! Eu te empresto calção, tênis, meia... Acho que a gente calça o mesmo número. Vai, dá aqui seu pé! Olha aí, praticamente o mesmo número!

Hisham se animou, abrindo seu sorriso característico e engraçado, quando Milena traduziu a oferta de Renato.

Ainda assim, ela estava ressabiada. Temia que Hisham se envolvesse em alguma encrenca.

Quando voltaram da piscina para almoçar, Hisham não deu chance para Milena e Mariana: antecipou-se e colocou uma massa para cozinhar enquanto as duas tomavam banho. E serviu um espaguete com um molho muito parecido com o pesto.

– Milena, seu amigo não tava brincando, não! A mãe não vai acreditar nisso.

Mesmo assim, Milena não o elogiou.

Enquanto tiravam a mesa, o telefone tocou e Milena teve que atendê-lo. Desta vez Hisham presenciou a conversa, achando curioso que Mariana provocasse a irmã com um sorriso sarcástico, enquanto Milena se esforçava para manter o fone tapado para que, fosse lá quem estivesse do outro lado da linha, não ouvisse o vozerio. Ele preferiu conter sua curiosidade, fingindo que não entendia a discussão entre as duas.

De tanto que comeram, os três adormeceram assim que se sentaram no sofá para ver televisão. Mas ao cabo de uma hora, Hisham e Milena despertaram e retomaram a conversa. Parecia incrível, ela dizia para si mesma, por mais que conversassem, os assuntos não se esgotavam. O garoto muçulmano, de jeito ingênuo, parecia uma fonte inesgotável de assuntos interessantes. O tempo todo queria saber sobre a cultura brasileira, sobre a família de Milena e, em contrapartida, falava sobre seu país fascinante, sobre sua vida e sua família, de forma que Milena pudesse comparar os mundos em que viviam.

– E como você está lidando com uma cultura tão diferente? Ainda está assustado por ir à piscina e ver mulheres vestindo biquínis que não cobrem quase nada?

– É, Milena – ele sorriu amarelo, coçando a nuca –, vai demorar um pouco para eu me acostumar a isso.

Milena deu uma risada gostosa. E mudou de assunto.

– Você está menos angustiado, não é?

– Bem menos.

– Está gostando de ficar com a gente?

– Estou adorando! Recuperei a paz no meu coração e consegui esquecer um pouco aquele desespero que eu estava vivendo.

Milena sorriu, mas ele também mudou de assunto, tomando-a de surpresa.

– Uma menina inteligente e bonita como você deveria se abrir mais para as pessoas. Gostei de você ter me apresentado para seus amigos, mas você também precisa enxergar sua família com outros olhos. Uma boa família é uma bênção.

Milena nem teve tempo de responder, pois a campainha tocou. Ela foi ver quem era e levou um susto ao olhar o relógio indicando quatro da tarde. Renato pediu licença.

– Vê se serve! – ele disse para Hisham, estendendo uma sacola.

Hisham abriu a sacola e vibrou ao puxar uma camiseta um pouco gasta do Barcelona, um calção bem conservado do São Paulo, um par de meias e um tênis gasto, mas ainda em condições de uso.

– *I'll be right back!* – ele disse, correndo ansioso para o quarto.

Enquanto isso, Renato puxou conversa com Milena.

– Que maneiro saber que você também tem amigos, gata! Você sempre foge da gente.

Sem que Renato entendesse, Milena riu de si mesma, lembrando de Hisham dizendo, dois minutos antes, que ela deveria se abrir mais para as pessoas.

– Dê mais as caras, a gente pode sair em turma.

– Tudo bem, vou pensar nisso – ela disse acanhada.

Hisham logo apareceu vestido para jogar.

– *A typical Brazilian boy!* – Milena declarou aos risos.

Ela os acompanhou até a quadra, onde uma turma de garotos os esperava já batendo bola. Ainda estava apreensiva, certa de que, se Hisham jogasse mal, acabaria sendo motivo de piada. Não gostou do jeito zombeteiro com que Renato o apresentou a quem ainda não o conhecia, menos ainda quando o pôs para jogar no time adversário, e não no time do prédio.

Entretanto, cinco minutos bastaram para Milena mudar de ideia. Cinco minutos nos quais Hisham marcou dois gols, fazendo a algazarra dos convidados que, embora mal o conhecessem, já o abraçavam como um herói.

– Que sacanagem, Milena! A gente convida seu amigo e ele apronta essa? Isso é falta de respeito, traduz isso pra ele! Se eu soubesse que ele jogava tanto, tinha escalado ele no meu time!

Para a surpresa de Milena, Hisham jogava tão bem quanto o próprio Renato. Não se meteu em confusão, não se machucou, se fez entender, riu e fez os outros rirem, aprendeu rápido a dizer "passa", "aqui", "volta", "falta", "mão", "fora", fez mais gols e se divertiu tanto quanto os outros garotos.

Quando o jogo terminou, todos caíram na piscina. Hisham fez o mesmo e, algum tempo depois, já tendo se refrescado e recuperado um pouco do fôlego, se sentou ao lado de Milena.

– Você arrasou, Hisham! O pessoal gostou de você!

– Você não pode imaginar como isso me fez bem! Fazia tempo que eu não jogava. Seus amigos são muito legais.

– Eles não são meus amigos. – ela tentou corrigir.

– Tenho certeza de que agora são.

Milena nada disse. Apenas sorriu sem jeito.

Algumas horas mais tarde, logo depois de Hisham fazer suas preces, Milena ligou para a mãe dizendo que o levaria ao cinema e tomaria um lanche no *shopping*. Mas a mãe ralhou no mesmo instante.

– Já comprei coisas para fazer um jantar tipicamente brasileiro para ele, não me faça essa desfeita! Podem ir ao cinema, a gente espera, mas quero que vocês voltem para o jantar.

Milena preferia passear mais com Hisham, porém não reclamou. Renato e uma pequena turma – quatro amigos e duas amigas – já os esperavam no portão do prédio. Enquanto Hisham não escondia seu entusiasmo, Milena parecia preocupada. Não se incomodou quando Renato propôs uma caminhada até o *shopping*. A verdade era que não estava acostumada a sair em turma, nem conhecia direito aquele pessoal.

A despeito de sua preocupação, o programa lhe fez bem. Renato e seus colegas conversaram bastante, os fizeram rir o tempo todo e o filme também agradou.

Ao saírem do cinema, Milena disse a Hisham que poderia levá-lo para conhecer um pouco do *shopping* antes de voltarem para o jantar.

Hisham observava curioso a multidão que caminhava frenética pelos corredores. Era um mundo completamente diferente.

– Como as mulheres se vestem diferente aqui, Milena. Muitas trabalham fora de casa, não é?

– Sim, muitas! As mulheres aqui foram à luta, conquistaram mais independência e espaço. Ainda não há igualdade de salários... – ela lamentou – mas somos mais independentes. Veja o caso da minha mãe, se não fosse pela ajuda dela no orçamento da casa, não teríamos este padrão de vida.

– Que interessante! As brasileiras estão trabalhando, passeando, sorridentes, bonitas, conquistando sua independência... É um país cheio de vida, Milena.

Milena gostou de sentir que ele estava bem e gostando de conhecer seu país, ainda que não fosse a cidade com maior vocação turística do Brasil. Ela lhe explicava esse detalhe quando Carolina ligou em seu celular dizendo para não se atrasarem, que o jantar logo estaria pronto e que Rafael estava morto de fome.

Sem reclamar, Milena disse para Hisham que precisavam voltar. Dois amigos de Renato disseram que voltariam com eles. Milena já ia se despedir dos que pretendiam ficar no *shopping*, quando alguém a abordou.

– Oi, Milena, e aí?

Milena gelou ao ver Leonardo à sua frente. Ficou tão petrificada que nem sequer teve reflexo para evitar o beijo nos lábios.

– Você não disse que estava com um parente em casa e que...

– Sim, eu estou com um primo e vim fazer um passeio rápido com a turma.

– Mas por que você não me chamou? Ô, gata, a gente precisa conversar, ainda mais depois daquele lance que...

Milena nem ouviu o que ele continuou a dizer. Temeu ter arrumado uma confusão, pensou rápido, puxou Leonardo de lado. E falou seca e rispidamente:

– Já pedi um tempo, estou com um primo em casa, depois a gente conversa. Tá ligado? Agora, me dá licença que estou atrasada.

Chamou apressada Hisham e os dois amigos. E saiu mais apressada do *shopping*.

No caminho de volta, Milena desconversou, não quis tocar no assunto e preferiu destacar as cenas mais marcantes do filme. Mas, quando viraram a última esquina, ficaram apavorados ao verem um carro de polícia em frente ao prédio.

– Mas o que a polícia está fazendo aqui? – ela balbuciou, paralisada como Hisham.

Um dos garotos que estavam com eles foi até o porteiro do prédio. E voltou explicando:

– Nada muito grave. Um pivete tentou arrombar um carro, alguém chamou a polícia e ele fugiu.

Milena suspirou e traduziu para Hisham. Aliviados, eles se despediram dos garotos e subiram para o apartamento. Carolina pediu que lavassem as mãos e se sentassem à mesa.

– Então a Milena levou você ao cinema? – Rafael perguntou em inglês assim que se sentaram. – Foi tudo bem, filha?

– Sim, tudo!

– E me contaram que você jogou futebol com os garotos aqui do prédio, é verdade?

– Jogou e arrasou! – Milena respondeu já mais calma, ante um Hisham encabulado. – Ele virou a estrela do pedaço!

– Muito bem, Ronaldo Hisham! Que achou do *shopping*?

– Muito bonito! Mas como as coisas são caras aqui!

– Tem razão, Hisham, são caras, mesmo. Eu, por exemplo, estou há meses querendo trocar este relógio que tenho desde meus tempos de noivado. Mas o preço de um novo que me agrade me deixa tão desanimado que sempre coloco outra prioridade na frente. Quem sabe eu ganho um no Dia dos Pais, não é?

– E quando é o Dia dos Pais? – Hisham perguntou, depois que as filhas fizeram piada sobre a indireta.

– No segundo domingo de agosto. Faltam só sete meses.

Hisham riu, achando graça. Os brasileiros gostam de fazer piada de tudo, pensou consigo mesmo.

– O *sheik* ligou perguntando sobre você. – Mariana avisou.

– E o senhor Abud também ligou agora há pouco. – Rafael emendou. – Ficou preocupado que você tivesse saído, mas depois concordou que não havia problema num passeio curto.

– Alguma novidade sobre o consulado?

– Sim, conseguiram fazer contato com sua família no Cairo. Parece que seu tio Samir está no exterior.

– Tio Samir no exterior? – Hisham teve um sobressalto. – Deve haver algum engano, meu tio nunca viajou para o exterior na vida!

– Foi o que entendi. O pessoal do consulado falou com a esposa dele, sua tia quis saber se você estava bem. Mas também disse algo que preciso lhe contar: sua outra tia, a que está com seus irmãos, denunciou Samir à polícia, responsabilizando-o por sua fuga e acusando-o de conivência.

Hisham cerrou os olhos, imaginando que seu tio teria saído do país para fugir da fúria de Bahira e da polícia.

– Não é só para vocês que estou dando trabalho.

– Não se preocupe com a gente – Rafael emendou. – Mas esta é uma boa lição para o resto de sua vida: você precisa avaliar melhor as consequências de seus atos.

Suspirando, Hisham concordou com a cabeça.

– Quer ligar para saber o que aconteceu com seu tio Samir?

– Não, só quero falar com meu tio. Se ele está fora, prefiro não falar com ninguém.

Foi só então que Hisham percebeu o que estava sendo servido: salada, feijão com arroz, filé e batatas fritas. Antes que ele dissesse qualquer coisa, Rafael o tranquilizou, lembrando de um dos assuntos que os dois conversaram na noite anterior:

– Não, Hisham, não é feijoada. Não vamos usar carne de porco enquanto você estiver aqui.

Hisham sorriu encabulado. Agradeceu o prato que Carolina lhe serviu, achando bonita a variedade de cores.

– *Very good*! – ele elogiou assim que provou o feijão com arroz.

Depois provou a carne. Arregalou os olhos.

– *Magnificent*!

E depois provou a batata frita.

– Algo me diz que vou engordar – ele decretou com um suspiro, fazendo Milena rir.

14

Inevitável

Na manhã seguinte, Milena dormia pesado quando uma voz exaltada a despertou. Torpe de sono, olhou para o despertador e estranhou que eram só sete e meia. Parecia sua mãe dando uma bronca em alguém. Correu para ver o que acontecia e não entendeu por que Carolina passava uma descompostura em Hisham.

– Calma, mãe! Que foi?

– Ele saiu para dar uma volta fora do prédio! – Carolina se descabelava. – Já estava ligando para seu pai quando ele reapareceu com a maior cara de pau.

– Hisham, que foi que você fez? – Milena bronqueou.

– Nada, só fui dar uma caminhada – ele gaguejou. – Estava sem sono, fui só... conhecer a vizinhança.

Irritada, Milena fez sua parte: deu uma bronca dura em Hisham, dizendo que ele tinha que colaborar e que havia corrido um grande risco. Carolina disse que precisava ir embora, mas não deixou de chamar mais uma vez a atenção de Hisham, dizendo que estava brava com ele.

– Quer que eu prepare seu café? – Hisham ofereceu, tentando quebrar a tensão.

– Mas o que deu na sua cabeça, seu maluco?

– Ontem nós fomos a pé até o *shopping*, não fomos? Não posso acreditar que seja tão perigoso assim. Que risco haveria?

– Mas pode ser perigoso, você não viu que ontem um garoto quis roubar um carro aqui na rua? Você não faz ideia de como é a minha cidade.

– Não acredito que seja tão diferente do Cairo.

– Mas você está aqui como clandestino, entenda isso! E sob responsabilidade do meu pai, que vai ficar furioso com você.

Hisham lamentou, coçando a cabeça. E voltou a perguntar se ela queria que ele preparasse seu café da manhã.

– *I'd love!* – ela admitiu, deitando a cabeça sobre a mesa, mostrando que ainda estava com muito sono.

Enquanto preparava o achocolatado com leite de que Milena gostava, Hisham se lembrou de algo que o havia deixado curioso na noite anterior.

– Me conte, por que você não me apresentou ao Leonardo ontem? Aliás, não entendi o que deu na sua cabeça para você fugir daquele jeito.

– Podemos mudar de assunto? – ela sussurrou ainda com a cabeça apoiada na mesa.

– Qual é o problema de me apresentar para o seu namorado?

– Ele não é meu namorado!

– Ele é seu amigo, então? Curioso, Milena, não sabia que aqui no Brasil os amigos se cumprimentam com um beijo na boca. Vou cobrar minha parte!

Rindo a valer, Milena atirou o pote de achocolatado nele dizendo que não tinha beijado Leonardo na boca.

– Dá um tempo, Milena, não sou cego, nem idiota! Se ele não é seu namorado, o que ele é então?

– Resultado de uma bobagem minha.

– Recente ou antiga?

– Eu o conheci alguns meses antes de conhecer você.

– E ele sabe quem eu sou?

– Não faz ideia!

– Eu acho – Hisham insistiu, levando para Milena seu copo de leite e colocando um sachê de chá preto em sua própria xícara – que você está complicando uma coisa muito simples.

– O que é simples para um garoto egípcio pode não ser simples para uma garota brasileira.

– Não se engane, Milena – ele não esmoreceu, despejando cuidadosamente água quente em sua xícara. – Aqui ou no Egito, a melhor forma de resolver certas coisas é falar a verdade. Que tal pensar a respeito?

Tomando um gole de seu leite, Milena sorriu, mas não respondeu. Quis desconversar, perguntando a Hisham como ele conseguia tomar chá quente num calor daqueles. Depois de um bom tempo, ela percebeu um traço de tensão em seu rosto.

– Não quis assustar você! Meu pai não vai arrancar pedaço.

– Ah, não é com ele que estou preocupado, não! É com meu tio. O que seu pai falou não me sai da cabeça. Tenho medo de que ele se complique por minha causa.

Milena sorriu, compreendendo sua angústia.

– Estou adorando ter você aqui, Hisham! Mas quero que você me responda honestamente: o que você pretendia quando decidiu fugir de seu país?

Hisham demorou muito antes de responder:

– Chamar a atenção! Sei que foi uma atitude imatura, mas eu quis chamar a atenção. Agora, mais em paz, entendo que fui egoísta. Deixei meu tio em apuros e meus irmãos com aquela maluca. Eu deveria ter pensado neles também.

– Bem, o que está feito, está feito, não há motivos para sofrer. Além disso... quem sabe as coisas não tomam um rumo imprevisto e acontece algo de bom!

– É o que eu mais rezo para Alá! Que Ele encontre uma boa solução para mim e para meus irmãos.

Hisham gostou do toque da mão de Milena alcançando a sua. E ela fez uma proposta que o alegrou.

– Se você quiser, em vez de ir pra piscina, podemos pegar um ônibus depois de irmos à delegacia e passear naquele parque grande que eu mostrei pra você quando viemos do aeroporto. É um lugar bem maneiro!

Hisham se animou com a proposta. E disse para Milena que fosse se trocar enquanto ele lavava a louça.

Hisham achou interessante o passeio de ônibus e a grande caminhada pelo Parque do Ibirapuera. Voltaram um pouco antes do almoço e ele não precisou cozinhar. Os três comeram o que havia sobrado da janta da noite anterior.

Depois do almoço, enquanto Hisham ajudava na arrumação da cozinha, Milena foi atender o interfone. Era Renato, dizendo que estava ameaçando uma tempestade e, como não daria para jogarem futebol, convidava-os para um jogo no salão do prédio. Ela achou uma boa ideia.

Logo em seguida, foi o telefone que tocou. Milena atendeu e só pelo "oi" Hisham intuiu quem estava do outro lado da linha. Apesar de estar ajudando Mariana com a louça, o garoto tentou prestar atenção na conversa. Não entendeu tudo o que ela disse, mas estava claro que novamente discutia com Leonardo. Além disso, a risada provocativa de Mariana foi a denúncia de que precisava.

– Você está arrumando encrenca por pouca coisa. Por que você não conta pro Léo que não é seu primo quem está aqui?

– Fica na sua, intrometida! – Milena revidou.

Ela e Hisham desceram pouco depois. Renato e seus amigos estavam com um jogo de tabuleiro antigo, que permitia que várias pessoas jogassem ao mesmo tempo.

– Mas onde você achou essa relíquia? – Milena caçoou.

– É da minha irmã mais velha. Quando a gente viajava quando era pequeno, ela adorava brincar disso.

– Em tempos de *video game* – Milena ainda fez piada –, é no mínimo curioso encarar um joguinho desses!

Era, sem dúvida, todos concordaram. Mas foi um bom passatempo para fazer a digestão numa tarde abafada de chuva.

Eles jogaram animados, rindo a valer, principalmente com o esforço de Hisham para entender o jogo. Entretanto, cerca de uma hora depois, Milena deu um gemido ao ver Leonardo entrando no salão. Enquanto Hisham e Renato trocavam olhares maliciosos, como fizeram na noite anterior, ela ralhou:

– Mas o que é que você veio fazer aqui?

– Conhecer seu primo, ora essa! – ele respondeu com cinismo.

– Que mentira você inventou pra te deixarem entrar?

– Ah, então eu não podia entrar? Milena, qual é a sua? Quem você pensa que é pra me fazer de palhaço?

Bufando de raiva, Milena se levantou e determinou:

– Vem, vamos conversar lá fora.

– Não, senhora, nós vamos conversar aqui mesmo.

– Sem baixar o nível, Léo, senão eu vou chamar o segurança.

– Quem é seu primo, Milena?

– Não é da sua conta!

– Quem é seu primo? – Leonardo se irritou, agarrando o braço de Milena com brutalidade.

No segundo seguinte, Hisham, Renato e outros dois garotos o cercaram. Embora mais velho e mais alto que todos eles, Leonardo ficou assustado e largou o braço de Milena.

– Olha aí, cara! – Renato se adiantou. – Não quero encrenca com você, não. Mas acho bom você não tocar mais nela.

– Sou eu quem vai falar agora, Léo! – Milena berrou. – Quem está na minha casa é esse cara aqui. O nome dele é Hisham!

Arregalando os olhos, Leonardo não conseguiu evitar um comentário jocoso.

– Esse escurinho aí é seu primo?

– Opa! Sem ofender! – Renato advertiu.

– Ih, olha só o cara! Não sabe deixar o primo dela se defender?

– Ele não é meu primo – Milena finalmente confessou. – Ele é um amigo meu do Egito. E ele não fala português.

– Ah, não fala português? E como vocês conversam?

– Ele fala inglês muito bem.

Leonardo, contudo, não acreditou. Mediu Hisham da cabeça aos pés e perguntou com um inglês bem básico:

– *Who are you?*

– *Her friend* – Hisham respondeu sem receio. – *Just a friend?* – Leonardo insistiu no sarcasmo.

– *Yes, just a friend* – Hisham respondeu sem se alterar.

– E por que – Leonardo se voltou para Milena, agora em português – você escondeu isso de mim?

– Porque eu não sabia como você ia reagir, caramba! E se quer saber, Léo, pra mim já deu, estou de saco cheio de você! Me arrependo por não ter terminado com você quando conversamos antes do Natal. Pra mim deu, sacou? Vê se me esquece!

– Como é que é, Milena? – Leonardo se enfureceu. – Que papo de aranha é esse?

– Tá legal, tá legal! – Milena preferiu se retratar. – Foi mancada minha, admito! Eu devia ter dito há muito tempo que não quero mais nada com você. Entendo que você esteja bravo, eu realmente não fui correta com você.

– Ah, que bom que você se ligou!

– Mas agora já deu! Tá ligado? Desculpa pelo que fiz, mas agora me deixa em paz!

– Ah, não! – Leonardo não aceitou. – Assim, desse jeito, não!

Por mais que se esforçasse, Hisham não entendia nada do que estava acontecendo e o tempo todo observava a reação de Renato e dos amigos.

– Ah, Léo, não seja ridículo! O que tá pegando? Vai querer reparação, lavar sua honra? Você tem quinze anos, se alguém aqui tem que ser maduro é você!

– Maduro, sim! Mas babaca, não! Eu não sou palhaço e...

– Acabou, Léo! – ela rugiu. – Acabou e pronto! E se você não quer aceitar minhas desculpas, problema seu!

Furioso, Leonardo ameaçou avançar contra ela, porém Renato se pôs à sua frente. E repetiu:

– Na boa, cara! Já disse que não quero encrenca com você e sei que o lance aí é sinistro! Mas você não vai tocar a mão nela!

– Minha vontade – Leonardo fingiu ignorar Renato – é dar uns tapas em você!

– Ah, mas vai ficar na vontade! – Renato insistiu.

– Não se mete, moleque! – Leonardo vociferou contra Renato, encarando-o e tentando intimidá-lo.

– Me meto sim! E aí, o que você vai fazer?

– É porque não é com você!

– Ainda bem que não é comigo! – Renato rebateu, fazendo os amigos rirem. – Eu também ia ficar bravo, mas não tem nada a ver você ficar desse jeito, parecendo que é o fim do mundo.

– E eu, continuo bancando o palhaço?

– É você quem tá dizendo, ninguém te chamou de palhaço.

Leonardo pensou em partir para cima de Renato, porém o garoto não parecia nada intimidado com seu tamanho nem com sua indignação. Seria melhor retroceder, ele considerou.

– Sou eu quem digo agora: pra mim já deu! Tá ligada, Milena? Já deu! Fui! E olha só, você que não me procure mais, porque se você se atrever a me ligar...

– Nem passa pela minha cabeça procurar você!

– Não pense que vai ficar barato, tá ligada? Ah, mas não mesmo! Você vai ver que não sou o babaca que você pensa.

– Vaza, Léo! Você já fez muita baixaria!

E Leonardo, disparando um olhar magoado para Milena, foi embora, fazendo-a soltar um longo suspiro de alívio.

Admirado com a coragem de Renato, Hisham o aplaudiu, o que arrancou risadas dos amigos. Depois, voltou-se para Milena:

– Muito bem! Você disse o que precisava ser dito e é assim que se resolvem as coisas. Mas você precisa agradecer ao Renato.

– É, é isso aí! – Renato fez piada. – Mandei bem, foi ou não foi, Hisham? Mereço um beijo dela, não mereço?

– *Of course you deserve!* – Hisham concordou, intuindo facilmente o que Renato havia perguntado.

– Nem vem com chantagem! – Milena se defendeu aos risos, mas completamente vermelha. – Tá legal, você mandou bem mesmo! Sou grata a você, mas não vamos confundir o lance, tá ligado?

– Nem vem, você me deve uma *banana split*! – Renato ainda brincou. – Vou cobrar isso de você!

Todos se sentaram para continuar o jogo. Milena deu mais um suspiro e abriu um sorriso incontido de quem estava satisfeita por ter resolvido um grande problema.

15

Receita infalível

Naquela noite de sexta-feira, Hisham realmente tomou uma bronca de Rafael assim que ele chegou do trabalho por conta de seu passeio matutino.

– São Paulo é outro mundo, acredite em mim! Nesta cidade, o crime mata tanto quanto as guerras.

Resignado, Hisham pediu sinceras desculpas, garantindo que não sairia mais do apartamento desacompanhado.

– A propósito, senhor Rafael – ele mudou de assunto –, já pedi à Milena que dissesse a dona Carolina que eu gostaria de lhe fazer uma especialidade árabe para o almoço de domingo. Seria possível o senhor me levar para comprar um carneiro? Não tenho muito dinheiro, mas tenho certeza de que é suficiente para um almoço.

Imaginando que o garoto fazia uma brincadeira para remendar a situação, Rafael disse que poderiam conversar a respeito enquanto jantavam.

Quando se sentou para jantar após um rápido banho, Rafael já demonstrava seu usual bom humor. Perguntou se Hisham já havia feito suas preces. Depois, quis saber o que ele havia achado do passeio com Milena. Hisham disse que São Paulo era fascinante.

– Achei o parque bonito, mas o que mais me impressiona é a liberdade que todos têm aqui. Principalmente as mulheres.

Mariana e Milena caíram na risada, garantindo que não era bem assim, que ele precisaria viver mais na cidade para entender que não havia tanto respeito para com as mulheres como parecia.

– E o que você está achando da sociedade brasileira?

– É diferente, senhor Rafael. São mundos diferentes e, por isso mesmo, tudo aqui parece interessante. Acho que temos muito que aprender com vocês.

– E nós com vocês – Rafael devolveu.

Hisham provou a lasanha que lhe serviram e se deleitou. Disse a Carolina, num português carregado de sotaque, que estava excelente, "muito gostoso". Achando graça no esforço do garoto, Rafael mudou de assunto:

– A Mariana deu meu recado? Você ligou para o senhor Abud?

– Sim, e ele disse que meu tio Samir ainda está na Arábia Saudita.

– Ele descobriu por que seu tio viajou?

Hisham respondeu que não, que a tia não quis revelar. Rafael então sugeriu:

– Então por que você mesmo não liga pra ela e tenta saber?

Hisham engoliu em seco e não respondeu. Rafael sorriu, sem compreender por que o garoto insistia em não querer falar com ninguém que não fosse o tal tio Samir.

– Um funcionário do consulado me ligou agora há pouco – Rafael retomou a conversa – e disse que o embaixador quer conversar pessoalmente com você. Ele vai verificar quando e onde vai ser esse encontro.

Hisham permaneceu calado, temendo levar não só uma bronca das autoridades, como ser imediatamente deportado.

– E Milena, tem se comportado bem?– Rafael perguntou.

– Muito bem – Hisham respondeu. – Só falta pedir desculpas por ter berrado com o senhor naquela noite.

– Milena, pedir desculpas? – Rafael gargalhou com sarcasmo. – Vai ser bem difícil!

Milena ainda bufava quando sua irmã, aproveitando a deixa, quis provocá-la.

– A Milena não está se comportando tão bem não, pai. Conta aí, maninha, por que você mentiu pro Leonardo? – E, voltando-se para Hisham, ela perguntou em inglês: – Você sabe quem é o Leonardo, Hisham?

– É, fomos apresentados nesta tarde – ele respondeu maroto.

– Ela te apresentou ao namorado? – Rafael duvidou.

– *I'll kill you, Hisham!* – Milena ameaçou, entre o riso e o pavor.

– Bem, não exatamente – Hisham respondeu com ironia. – Mas presenciei uma conversa interessante entre os dois e...

– O Leonardo já era, pai! – Milena o interrompeu em português. – Ele baixou aqui no prédio querendo dar uma de engraçadinho, e eu terminei com ele!

– É verdade, Hisham? – Mariana quis conferir. – Ela disse que rompeu com o Leonardo, é verdade?

– Sim, é verdade – Hisham confirmou segurando a risada. – Milena parece ter outros planos. Digamos que ela queira dar espaço para novas pessoas.

Rafael se engasgou com o suco e riu; Mariana arregalou os olhos para Hisham; Milena deu um salto na cadeira; e Hisham, depois de se dar conta do que havia dito, ficou enrubescido e tentou se explicar:

– Ei, não, não, não! Não é de mim que estou falando! É do Renato!

Enquanto Carolina protestava por ficar fora da conversa, Rafael e Mariana caíam na risada, achando graça no jeito desesperado de o garoto se justificar.

– Seu palhaço! – Milena protestou em inglês, embora também aos risos. – Você quis dizer uma coisa, e acabou dando a entender outra! Cala a boca, senão você vai me deixar numa situação pior do que já estou!

Sem alternativa, Milena teve que explicar aos pais tudo o que havia acontecido e recebeu um elogio sincero de Carolina. Rafael então perguntou a Hisham:

– Como é que são essas coisas no Egito, Hisham? Como é que vocês se conhecem, namoram e casam?

– Vamos dizer, senhor Rafael – Hisham explicou, sem nenhum constrangimento –, que quase sempre são os pais que arranjam os casamentos. Há algumas exceções, mas normalmente é assim que acontece. Os pais apresentam seus filhos para as filhas de conhecidos. Esses filhos então ficam noivos, que é o tempo para que se conheçam, e depois então se casam.

– E há separação? – Mariana perguntou curiosa.

– Muito raramente.

– Que absurdo! – Milena não aceitou.

– Absurdo, nada! – Mariana rebateu, em português. – Esta é uma receita infalível para uma garota intratável como você!

Hisham não entendeu nada do que estava acontecendo. Nem a risada dos pais de Milena, nem por que ela saiu correndo furiosa atrás de Mariana e voltou ofendida, chorando de raiva.

Poucos minutos mais tarde, quando pôde voltar à mesa, Mariana pediu a Milena que aceitasse a brincadeira. Depois mudou de assunto e propôs ao pai uma viagem curta no sábado.

– Só pra descer a serra e mostrar alguma coisa mais bonita pra ele. Aí, para o almoço de domingo a gente pode deixar o Hisham fazer esse carneiro de que ele tanto fala.

– Quanto ao passeio, ela tem razão – Carolina apoiou. – Vai ser interessante passear na praia. Sei que é temporada, vai estar cheio, mas vai ser bom espairecer, pegar estrada, ver o mar, mostrar Guarujá e Santos pra ele, almoçar fora...

– Comer um camarão... – Mariana emendou, rindo.

– E você paga a conta, filhinha? – Rafael ironizou.

– Seu pão-duro! – a mulher protestou. – Já que o chefe da casa aqui é tão muquirana, o camarão eu pago!

– Não sei, não sei! – Rafael ainda ponderou cauteloso. – Tenho um pouco de medo de ficar andando com ele por aí. Acho melhor verificar antes o que o delegado diz.

– Mas que mal pode haver? – Carolina insistiu.

Carolina e Mariana ainda o pressionaram, enquanto Hisham perguntava aos cochichos para Milena do que eles falavam. Quando soube, Hisham se preocupou:

– Mas quando o senhor pode me levar para comprar o carneiro?

– É sério esse papo do carneiro? – Rafael estranhou, perguntando em português para a filha.

– Sim, é – Carolina confirmou. – Desde ontem ele está falando que quer de qualquer jeito fazer o almoço de domingo. Olha, vamos fazer o seguinte: amanhã acordamos cedinho, eu, você e a Milena, e levamos Hisham ao Mercado Municipal...

Pai e filha lamentaram com um gemido por terem que acordar cedo num sábado de verão.

– ... ele compra o carneiro, na volta passamos na delegacia e perguntamos se há algum problema fazermos um passeio até Santos. Se o delegado liberar, a gente sai em seguida.

Embora ainda lamentasse ter que madrugar num sábado, Rafael reconheceu que a ideia era boa e disse a Carolina que ela teria a honra de pagar o almoço. E Hisham ficou mais tranquilo.

16

Denúncia

Bem cedo na manhã seguinte, o sonolento Rafael levou a esposa, a filha e o convidado ao Mercado Municipal. Hisham achou a região central um pouco suja e assustadora, mas seus olhos brilharam ao ver o mercado por dentro. Achou a construção bela e interessante. Observou as vendas e se impressionou com as frutas, algumas diferentes das egípcias. Perguntou se aquele era o lugar mais barato de São Paulo.

– É o melhor lugar – Rafael explicou. – Aqui a gente encontra tudo de qualidade, mas não é barato. Você paga por isso.

Hisham sorriu, com a impressão de que o pai de Milena ainda não havia se convencido de que ele pagaria mesmo pelo carneiro.

Carolina, que conhecia bem o mercado, levou-os a duas vendas de carnes perguntando se eles tinham pernil de carneiro. Hisham olhou as peças que lhe ofereceram e pediu que procurassem um pouco mais. De repente, sem que os três entendessem o que acontecia, ele se deteve à frente de uma casa de carnes. Observou um senhor de idade fazendo uma anotação e falou com ele em árabe. Surpreso, o homem ergueu os olhos e sorriu, falando com Hisham em sua língua. Conversaram por muito tempo sob o olhar atento de Rafael e Milena, enquanto Carolina vasculhava a venda. Finalmente, o homem entrou e trouxe para Hisham uma perna de carneiro que encheu os olhos de Carolina:

– Uau, vejam só que beleza! – ela alardeou.

Hisham a examinou, concordou que era boa, perguntou algo e, assustado, começou a discutir com o homem.

– Ah, agora esse garoto está honrando seu sangue!

– Mas o que tá rolando, pai?

– Hisham está negociando o preço.

Realmente, Hisham ficou mais de quinze minutos argumentando, dizendo-se estarrecido com o preço e reclamando "*Too expensive, too expensive!*", enquanto o dono da venda lhe dizia que era o preço justo para uma peça tão extraordinária.

Quando Rafael já começava a ficar preocupado com o horário, Hisham mudou seu tom de voz. E, pela reação do homem, Rafael intuiu que ele contava, de forma serena, como havia parado no Brasil e o real motivo pelo qual era tão importante oferecer aquele carneiro para quem o havia acolhido. Os três ficaram gratamente surpresos ao verem o homem comovido abraçar Hisham com força e lhe dar uma palavra de conforto. Ele então entrou na venda, retornou com a perna de carneiro embrulhada e a entregou para o garoto dizendo alguma coisa. Hisham riu a valer, mas tentou recusar, fazendo força para que o homem aceitasse a nota de cem dólares que lhe mostrava.

– Faço questão de que vocês aceitem este presente como um agradecimento por terem abrigado um irmão de sangue – o homem se voltou para Rafael e Carolina. – Lamento pelos pais dele, sei bem o que ele está passando.

Rafael e Carolina também tentaram argumentar, disseram que sabiam tratar-se de uma peça cara e que queriam pagar por ela, porém o homem disse que fazia de coração e que era ponto de honra que aceitassem. Mas ainda disse:

– Se vocês quiserem, passem "no lojinha de meu brimo logo ali" – e ele disse aquelas palavras num sotaque árabe forçadamente carregado para fazer graça, levando Rafael e Carolina às risadas –; lá vocês vão encontrar as castanhas e os temperos que ele está procurando. É "um lojinha" fantástica!

Impressionados com a inesperada generosidade daquele homem, Rafael e Carolina agradeceram. Hisham também agradeceu, mas com um abraço e um beijo em seu rosto.

– Como é que você sabia que ele era árabe, Hisham?

– Havia uma placa lá dentro, senhor Rafael, escrita em árabe, informando que ele tinha carne preparada para muçulmanos. A carne que comemos é diferente da de vocês.

Eles passaram "no lojinha da brimo" e Hisham e Carolina confirmaram que era realmente boa. Hisham comprou os temperos que disse precisar, as uvas passas, as amêndoas, as macadâmias – Milena não sabia o que eram macadâmias –, entretanto não encontrou uma certa castanha. O rapaz que os atendia explicou a Hisham em árabe que a castanha que ele procurava era conhecida no Brasil como pignoli, e que seria muito difícil encontrá-la. Sugeriu que provasse a castanha-de-caju. Extasiado com o sabor, Hisham agradeceu a sugestão. E Carolina também levou muitas coisas para sua família.

Hisham ainda pediu um último ingrediente, mas, ao ver do que se tratava, Milena ralhou com o amigo:

– Ponha pimenta nesse carneiro, que você vai dormir embaixo da ponte, entendeu bem?

– Mas como assim, sem pimenta, Milena? A pimenta é um presente de Alá, é uma essência que...

Milena, contudo, o persuadiu a não usar pimenta, dizendo-se completamente alérgica a esse condimento, enquanto aguentava a caçoada dos pais, que garantiram que ela não era alérgica, mas sim naturalmente apimentada.

– Podemos ir – Hisham se deu por satisfeito. – Só falta mesmo achar hortelã fresca.

Carolina disse que eles poderiam procurar quando voltassem de Santos.

Dali, eles voltaram para o Campo Belo; passaram na delegacia e ouviram uma notícia do delegado de plantão que os surpreendeu:

– Há um recado aqui do pessoal da Polícia Federal: ele não precisa mais se apresentar. Disseram que vão ligar para o senhor e explicar o motivo.

– E... e haveria problema – Rafael emendou, imaginando que fosse algum equívoco – em fazer um passeio com ele até Santos? Vamos e voltamos hoje mesmo.

– Se é só um passeio de ida e volta, não há problema – o delegado confirmou.

Mais tranquilo, Rafael falou que poderiam apanhar Mariana e partir.

A manhã parcialmente nublada de sábado não estragou os planos da família. Hisham se extasiou com as praias do Guarujá e com a vista da baía de São Vicente do alto da ilha Porchat. Gostou de passear na areia e ficou espantado com os prédios inclinados de Santos, achando que fossem obra de um terremoto. Custou para Rafael convencê-lo de que muita gente ainda morava lá.

Na praia, Hisham fez a família de Milena rir ao observar as mulheres em biquínis:

– Uau, gente! O que será que o *sheik*, meu pai, meus irmãos diriam se vissem isso? Algumas estão... quase nuas! Não faço a mínima ideia do que eles diriam!

– Eu é que não faço ideia – Mariana se intrometeu – da sua reação numa praia do Rio de Janeiro!

Só um detalhe deixou Milena intrigada: ela não entendeu por que Hisham não quis, de forma alguma, entrar no mar, o que foi frustrante para ela, que havia se preparado para acompanhá-lo num mergulho.

Quando passava das duas horas da tarde, eles decidiram almoçar. Foram comer o camarão que Mariana pediu. Quando trouxeram a conta, Rafael não deixou Carolina pagar, alegando que, já que o carneiro de Hisham saíra quase de graça, ele poderia fazer aquele "sacrifício".

– É o orgulho machista! – Milena explicou para Hisham.

– Eu faria a mesma coisa! – Hisham defendeu Rafael.

Por um dos acasos do destino, Rafael decidiu fazer um caminho diferente para pegar a estrada que os levaria para São Paulo, cruzando toda a orla até a Ponta da Praia. De repente, eles se viram diante da mesquita de Santos.

– Gostaria de dar uma olhada, Hisham? – ele ofereceu.

– O senhor me faria um grande favor.

Rafael disse ao garoto que não se apressasse, pois tinham tempo de sobra. Um pouco depois das quatro horas da tarde, eles finalmente subiram a serra e fizeram uma tranquila viagem de volta.

Quando se preparava para entrar na garagem de seu prédio, Rafael não notou um veículo preto estacionado próximo à portaria. O zelador acenou, pedindo que esperasse. Veio correndo até o carro e informou que eram agentes da Polícia Federal que esperavam por ele já há algum tempo.

Cismado, lembrando-se do que o delegado lhe havia dito pela manhã, Rafael estacionou o carro ali mesmo na rua e foi ao encontro dos policiais.

– Recebemos uma denúncia anônima – um deles explicou – de que o senhor está escondendo em sua casa um fugitivo árabe suspeito de atos de terrorismo.

– Mas quem falou uma bobagem dessas? – Rafael riu, pensando ser brincadeira. – Estou realmente hospedando este garoto, um convidado egípcio, mas ele não é fugitivo nem terrorista.

– Queremos ver os documentos dele – o outro homem pediu.

Milena estremeceu. Rafael, no entanto, não se alterou.

– Será que podemos subir até meu apartamento? Tenho um documento expedido pelo Ministério da Justiça declarando que este garoto está sob minha responsabilidade. E, conforme me foi orientado, ele está se apresentando à delegacia do bairro todos os dias. Hoje mesmo estivemos lá, e...

– Quero ver esse documento – o agente solicitou.

Contendo sua irritação e não confiando nos policiais, Rafael mostrou ao homem o documento oficial, enquanto Milena explicava a Hisham o que acontecia.

– Denúncia anônima de que sou um terrorista fugitivo? Mas isso é uma piada, não é?

Entretanto, sustentando sua desconfiança, o agente da Polícia Federal os surpreendeu guardando o documento no bolso de sua camisa.

– O senhor e o garoto terão de nos acompanhar.

– Quero que o senhor me devolva esse documento agora mesmo! – Rafael endureceu. – Será que isso não é suficiente?

– Tudo bem, não precisa se alterar, eu devolvo o documento. Mas vocês terão de nos acompanhar até a sede na Barra Funda.

Ainda mais aborrecido, Rafael disse à mulher que iria com Hisham até a polícia, que ligaria para o delegado do aeroporto de Guarulhos no caminho e que ela fosse encontrá-los depois. E ainda alfinetou os agentes:

– Se você se perder da gente, Carolina, é naquele prédio da Barra Funda onde fomos tirar nosso passaporte há cinco anos, lembra? Nós não vamos entrar antes de vocês chegarem.

Poucas horas depois, Rafael e sua família ainda estavam detidos na sede da Polícia Federal. Por mais que Rafael, exaltado, tentasse mostrar que o documento era verdadeiro, que declarava a situação provisória de Hisham no Brasil e que o garoto estava sob sua responsabilidade, e por mais que explicasse que o consulado egípcio no Rio de Janeiro ainda estava providenciando seu passaporte, os policias se mostravam irredutíveis, dizendo que queriam ouvir quem haviam assinado aquele documento, que a base legal ali indicada era discutível.

Quanto mais demoravam, mais apavorado Hisham ficava, temendo ser detido ou deportado. Milena não estava menos nervosa. Não queria dizer a Hisham nem a Rafael, no entanto temia que a vinda dos policiais do aeroporto só piorasse a situação. Não havia esquecido que um deles fora o primeiro a suspeitar que Hisham era um terrorista disfarçado.

Abud chegou pouco tempo depois. Identificou-se para os policiais e confirmou o que Rafael lhes havia dito. Logo em seguida, o delegado e outro policial do Aeroporto de Guarulhos apareceram. Conversaram por um bom tempo com os colegas daquele departamento e imediatamente reconheceram Hisham. Não foram rudes, como Milena imaginava.

– É tudo verdade, sim – o delegado confirmou. – Este garoto chegou ao Brasil na terça-feira passada como clandestino num cargueiro da Força Aérea. Nós realmente o deixamos sob a responsabilidade deste senhor, e tive aval de meu superior para emitir esta declaração sob o compromisso de ele se apresentar diariamente na delegacia de Campo Belo, o que ele tem cumprido, enquanto o consulado providencia um passaporte.

– E não há mais motivos para preocupação – Abud emendou. – O passaporte dele já saiu, e o visto deve ser aprovado na segunda-feira.

– É verdade – o policial de Guarulhos confirmou –, tanto que nós até já informamos a delegacia de Campo Belo que não seria mais necessária a apresentação de Hisham todos os dias.

Rafael sorriu satisfeito ao finalmente compreender o comentário que o delegado do bairro fizera naquela manhã. Enquanto isso, Milena contava a novidade para Hisham.

– Nós preferimos trazê-los para cá – o policial que discutiu com Rafael se justificou – porque recebemos uma denúncia anônima.

Foi somente naquele instante que Milena, intrigada, se deu conta de uma coisa.

– Essa denúncia... Por acaso vocês têm o número do telefone de onde foi feita essa denúncia?

– Sim, temos, mas é informação confidencial. Por quê?

Milena avistou um pedaço de papel numa mesa. Pediu uma caneta, escreveu dois números de telefone e perguntou:

– Foi de algum desses números?

O policial leu os números e arregalou os olhos. Olhou para seus colegas e, curioso, disse:

– Sim, foi de um desses números. Como é que você sabe, garota?

Milena não conseguiu segurar sua reação. Nem mesmo seus modos. Furiosa, ela mordeu seus dedos e rugiu, sem se importar com ninguém, um sonoro palavrão.

– Milena, o que é isso? – os pais a repreenderam assustados.

– O Leonardo, pai! Foi aquele... cafajeste do Leonardo quem aprontou essa! – E, voltando-se para o policial, explicou: – Quem ligou pra vocês foi um imbecil que até ontem era meu namorado. Eu briguei com ele e ele fez isso pra se vingar!

O policial riu a valer, balançando a cabeça. Depois, apanhou seu celular, digitou um número e disparou:

– O Leonardo, por favor! É um amigo dele!

Enquanto todos faziam silêncio, Milena vibrava, curiosa para ver o que aconteceria.

– Leonardo? Aqui quem está falando é o delegado Noronha da

Polícia Federal e acho bom você ouvir! Foi você quem fez uma denúncia anônima hoje de manhã, não foi? Para de gaguejar e responda: foi ou não foi? Ah, então preste atenção! O que você fez se chama falsidade ideológica. Isso é crime, entendeu? Um crime passível de prisão! Ouça o que estou falando! Estou indo agora mesmo para a sua casa conversar com você e seus pais, entendeu? Não se atreva a sair de casa! Ouviu bem? Se você se atrever a sair, pode acabar mal pra você!

E, depois de desligar o celular, o policial caiu na risada.

– O senhor vai mesmo lá? – Milena se assanhou.

– Claro que não! Foi só para ele experimentar um pouco do próprio veneno.

Rafael finalmente se sentiu aliviado e abraçou Hisham, mostrando que estava tudo bem.

– Peço que nos perdoem pelo incômodo – o policial uma vez mais se desculpou –, mas estávamos cumprindo nossa obrigação. E sugerimos que, caso vocês façam mais alguma viagem, sempre avisem ao colega de Guarulhos aqui.

– Então acho bom informar já – Abud acrescentou em português com um sorriso simpático – que eles vão fazer mais uma viagem. O Consulado do Egito vai lhe fazer um convite nos próximos dias, senhor Rafael, para todos vocês irem jantar com o embaixador e o cônsul no Rio de Janeiro.

– Uau! – Hisham comemorou em inglês. – Então eu vou conhecer o Rio de Janeiro?

– Mas olhem só que incrível! – Rafael estava impressionado. – O moleque já está entendendo o português!

17

Desconfiado

Muito aliviado, assim que deixou a delegacia Rafael disse que era tarde e que seria melhor comerem um lanche fora. Um tanto desajeitado, Hisham os lembrou de que precisava começar a preparação do carneiro. E reforçou um pedido:

– Podemos ainda encontrar hortelã fresca? Pode parecer tolice, mas é um ingrediente fundamental.

Carolina disse que poderiam pedir uma pizza em casa e sugeriu que passassem por um sacolão no caminho de volta, onde encontraram um vasinho com uma muda de hortelã. Foram então para casa, de onde encomendaram duas pizzas e observaram o ritual culinário de Hisham.

– Fiquei curioso – Rafael confessou em inglês, logo após Hisham dizer uma vez mais que a peça de pernil era excelente. – Por que você disse no mercado que a carne para os muçulmanos é diferente?

– A forma de abate é diferente – Hisham explicou. – Seja carne de carneiro ou de gado, o muçulmano come carne de um animal que foi degolado, pois ele sofre menos, e cujo sangue foi todo escorrido.

Enquanto limpava a carne, Hisham explicou que, a rigor, aquela era uma questão muito mais sanitária do que propriamente religiosa. Que, quando os líderes religiosos estabeleceram tais regras tantos séculos antes, visavam essencialmente impedir a propagação de doenças.

– Pois é! – Rafael sorriu. – Um judeu me disse a mesma coisa sobre certos costumes deles.

Hisham sorriu concordando.

Logo em seguida, ele preparou um tempero com vinho branco, sal, alho, cebola, manjericão, algumas ervas que eles não conheciam e hortelã fresca. Disse que o carneiro ficaria marinando até a manhã seguinte.

– Hum, que cheiro bom! – Carolina afirmou ao sentir o aroma proporcionado pelos temperos.

Só então Hisham sossegou e comeu a pizza, dizendo que terminaria na manhã seguinte.

Hisham acordou antes de todos na manhã do domingo. Fez suas preces, tomou um chá e retomou a preparação da carne. Lavou o arroz e a salada. Mais tarde, quando Carolina já havia acordado, ligou o forno e, sob sua supervisão, colocou o carneiro para assar às nove da manhã. Em seguida descascou as batatas e cortou mais cebolas. Fez também um molho à base de vinho branco, mel, hortelã e um pouco de sal.

Um pouco antes do meio-dia, começou a preparar o arroz, que serviria acompanhado de castanhas-de-caju, amêndoas, macadâmias e uvas passas. Depois, quando o carneiro começou a soltar seu aroma, colocou as batatas para assar junto com a carne.

Finalmente, perto da uma hora da tarde, Hisham retirou o carneiro do forno e deixou todos deslumbrados com seu aroma e sua aparência. Então declarou:

– *Lunch time, fellows!*

Com um sorriso de satisfação, ele esperou que cada um experimentasse. E colheu com orgulho os elogios:

– Uau, Hisham! – Mariana berrou em português. – Está demais!

– *Fantastic*, Hisham! – Rafael emendou.

– O melhor carneiro que comi na vida! – Carolina admitiu.

Só faltava Milena. Que segurava a risada.

– Tudo bem, você venceu! Você realmente cozinha muito bem!

– Demorou – Hisham declarou satisfeito, enfim fazendo seu prato –, mas ouvi o que eu queria!

Nos dias que se seguiram, livres da obrigação de passar pela delegacia, Milena e Mariana levaram Hisham para passear. Apesar do calor, foram ao centro da cidade, à avenida Paulista e a alguns museus. Hisham ouvia interessado as duas falarem sobre a curta história do Brasil mostrada nos museus, principalmente no Museu do Ipiranga, e adoraram ouvir um egípcio contar sobre a milenar história de seu povo. Mesmo que se divertissem e Hisham parecesse tranquilo, Milena começava a ficar preocupada com a falta de definição da situação do amigo.

Na noite de terça-feira, véspera do aniversário da cidade de São Paulo, Rafael resolveu levar todos para jantar fora, na intenção de dar a Hisham a chance de experimentar a culinária baiana. Mesmo assim, Milena não tirava sua cisma da cabeça. Ficou feliz de ver o amigo se divertindo e provando cada uma das especialidades da casa – ele não gostou muito do acarajé, mas achou interessante o vatapá sugerido por Carolina e apreciou em especial o bobó de camarão. Milena num esforço para ser mais simpática, até agradeceu ao pai pelo gesto. Contudo, uma vez mais foi dormir preocupada.

Milena só ficou aliviada quando Rafael recebeu uma ligação na tarde de quarta-feira, feriado da fundação de São Paulo. Assim que desligou, seu pai contou:

– Era o cônsul no telefone, Hisham. Ligou para formalizar o convite e dizer que você não precisa se preocupar mais. Seu passaporte e o visto já estão prontos, serão entregues a você quando formos jantar com eles. Mas ele também disse que está tudo resolvido lá no Egito. Algo me diz que ele conseguiu falar com seu tio Samir e que você vai ter uma boa surpresa!

Hisham teve uma sensação estranha e sentiu seu corpo gelar: o que o cônsul queria dizer com "está tudo resolvido no Egito"? Parecia mais uma estratégia para deportá-lo... Será que a história do passaporte era verdadedeira? Rafael continuou em português:

– Olha só que bacana, gente: o cônsul ofereceu passagem e hospedagem para todos nós. Além disso, vai deixar um carro à nossa disposição no aeroporto. Evidentemente, eu dispensei a hospedagem. Temos onde ficar no Rio de Janeiro e a Camila ficaria ofendida se não fôssemos pra casa dela. Bem, quero que vocês três saiam com Hisham amanhã para comprar para ele uma roupa digna de um jantar tão importante.

Carolina e as filhas levaram Hisham às compras na tarde de quinta-feira e o submeteram a uma torturante jornada num *shopping center*.

Depois que compraram uma roupa elegante para ele, Milena observou Carolina se deter por alguns minutos em frente à vitrine de uma joalheria. Seus olhos brilharam por uma gargantilha de ouro e brilhantes, enquanto seus dedos tocavam seu pescoço, e ela se imaginava usando aquela joia.

– Sonhando, mãe? – Milena provocou.

– É, fazer o quê? Sonhar não custa nada!

Hisham sorriu, gostando da cena.

Algum tempo depois, Carolina e Mariana tiveram uma discussão ríspida. A filha se encantou com uma roupa que até mesmo Milena reconheceu ser muito bonita. Mas o preço assustou a mãe.

– Nem pensar! Me recuso a pagar esse preço!

Hisham, uma vez mais, sorriu apreciando a atitude firme de Carolina para frear o ímpeto da filha.

Antes de voltarem para casa, Carolina disse que precisava descansar um pouco e tomar um café. Foi a vez de Milena reclamar, dizendo que estava com calor, que precisava de um banho, e que Hisham tinha de fazer suas preces. Não esperava tomar uma reprimenda de Hisham: o amigo pediu que ela não o usasse como desculpa e a aconselhou a ser paciente com a mãe.

– Ah, Hisham, dá um tempo! Eu falei em português, vai dizer que você entendeu?

– Mas como não entenderia? O jeito como você falou foi suficiente! Amadureça, Milena!

– Gostei, Hisham! – Mariana o aplaudiu. – Ela precisava ouvir isso de alguém de fora da família.

Milena se calou, aborrecida com Hisham, que agora lhe parecia um traidor.

Carolina chamou a atendente da lanchonete e fez seu pedido. Perguntou a Hisham o que ele queria tomar. Fazendo-as rir, ele pediu um guaraná e um pão de queijo num português quase perfeito. Seu esforço desarmou Milena.

– Você nunca me contou o que você quer ser.

– Quero fazer arquitetura. Quer dizer, queria.

– Você devia pensar em ser *chef* – Mariana o elogiou, para depois perguntar: – Seu pai é arquiteto?

– Não. Meu pai era dono de uma distribuidora de alimentos. Há décadas esse é o negócio da família.

– Então você não vai seguir no negócio?

Hisham cerrou seu sorriso e pareceu triste.

– Não sei o que vai acontecer com a distribuidora sem meu pai. O meu tio que trabalhava com ele há mais de vinte anos não tem o mesmo talento.

Percebendo sua tristeza, Mariana mudou de assunto:

– E então? Ansioso para conversar com o embaixador?

– Estou ansioso para saber o que vão fazer comigo.

– Você acha que eles deram um jeito de você morar com seu tio Samir? Ou então com esse tio que toca o negócio de seu pai?

– Meu tio Samir tem seis filhos. Como ele poderia acolher mais quatro sobrinhos? E esse tio que trabalha com meu pai não seria um bom tutor para nós. Não faço ideia do que o cônsul quis dizer com "está tudo resolvido". Mas sei que preciso voltar. Meu lugar é ao lado de meus irmãos.

Enquanto Milena sorria ao ouvir a resposta sincera do amigo, Mariana tentava explicar à mãe o que ele havia dito. Carolina, que uma semana antes estava cheia de desconfiança, agora admirava o jeito educado e doce de Hisham.

– Você sabe o significado do nome dele, Milena? – perguntou Carolina.

Milena traduziu a pergunta. E Hisham sorriu com muito embaraço antes de responder.

– Meu pai sempre diz que escolheu meu nome assim que me pegou nos braços. Significa "generosidade".

Carolina ouviu a tradução e sorriu docemente.

– Seu pai não podia ter escolhido um nome melhor.

Não foi necessário traduzir. Hisham agradeceu em português com um "obrigado" sincero a Carolina.

18

O sorriso do embaixador

Hisham e a família de Milena chegaram ao Rio de Janeiro às oito horas da noite da sexta-feira. Conforme prometido pelo cônsul, havia um belo automóvel importado reservado para eles no Aeroporto Tom Jobim. Rafael rumou para a casa da cunhada na Barra da Tijuca, onde um jantar os esperava.

– Você está fazendo sucesso, Hisham! – Rafael lhe explicou. – Eles prepararam um belo jantar para você, mas, em compensação, você terá de fazer um carneiro para eles no domingo.

Sentindo-se uma celebridade, Hisham disse que aquilo absolutamente não era um problema. De imediato percebeu que a hospitalidade carioca era tão afetiva quanto a paulistana. E adorou a moqueca de peixe com camarão que lhe serviram.

Na manhã seguinte, as duas famílias – ao todo, dez pessoas – saíram em dois carros para mostrar as praias do Rio de Janeiro para Hisham.

Após um passeio pela orla, os dois carros estacionaram na praia de Copacabana. Hisham se deslumbrou com a vista do mar. Mas a visão que mais o impressionou – na verdade que o fez soltar um gemido, além de esbugalhar os olhos e fazer seu queixo cair – foi a multidão espalhada pela famosa praia. Mais precisamente, as milhares de bundas reluzentes viradas para o sol. De tão desnorteado que ficou, Hisham não pôde evitar um comentário involuntário que fez Rafael, Milena e Mariana caírem na gargalhada.

– Que Alá tenha misericórdia de mim!

– Eu disse, não disse? – Mariana o provocou.

– *Unbelievable*! – ele concordou.

Seus comentários não pararam por aí. Por muito tempo, ele ficou olhando para todos os lados, dizendo que jamais havia visto tantas mulheres bonitas, muito menos uma praia como aquela.

Apesar de tudo, ele logo assimilou o choque inicial e aproveitou a manhã de sábado esplendidamente ensolarada. Seguiu à risca a ordem de Carolina para se lambuzar de protetor solar. Caminhou por muito tempo ao lado de Milena, Mariana e suas primas. E uma vez mais não quis entrar no mar.

– Não entendo por que ele está agindo assim! – Milena reclamou quando voltou para o guarda-sol. – Ele se esbaldou na piscina no prédio, mas nem aqui quer entrar no mar. Alguém consegue me explicar isso?

Rafael se lembrou da cena no Guarujá e em Santos. E, tendo uma intuição, arriscou uma pergunta:

– Você está com medo de alguma coisa, Hisham?

Hisham fez que sim com a cabeça. E Rafael, sorrindo com benevolência, brincou com os cabelos do garoto e disse:

– Olhe para mim, Hisham! É praticamente impossível acontecer um *tsunami* no Brasil. Tremores de terra são raros por aqui e, quando acontecem, têm intensidade muito baixa.

Hisham sorriu embaraçado, enquanto Milena finalmente compreendia o que estava acontecendo com ele.

– Se você quiser, posso entrar com vocês.

Reconhecendo o esforço de Rafael, Hisham aceitou a oferta e fez seu primeiro e único mergulho em praias brasileiras.

– Legal, Milena! Esta água é muito mais gostosa que a água do Mediterrâneo ou do mar Vermelho!

– E olha que, pra elas, está gelada! – Milena caçoou das primas.

Mais à vontade, tendo vencido seu maior medo, Hisham conversou longamente com as primas de Milena, que falavam bem menos inglês que ela, mas que quiseram saber tudo a seu respeito. Sentiu-se leve, feliz, muito bem recebido.

De tarde, levaram-no para conhecer o Maracanã. Hisham lamentou não poder assistir a um jogo ali.

– É uma pena, Hisham – Rafael informou –, mas não há campeonatos nessa época do ano.

Em seguida, foram para o Pão de Açúcar e o Corcovado. Ao pé do Cristo Redentor, Hisham se deslumbrou com a vista da cidade que ele concordou ser maravilhosamente bela.

– Por favor, Milena – ele pediu. – Prometa que você vai me mandar todas essas fotos que está tirando. Se eu contar, ninguém vai acreditar que estive num lugar destes.

– E o *sheik*, não vai dar uma bronca por esta foto com o Cristo?

– Como assim? Foi o próprio *sheik* quem me disse para não deixar de vir aqui.

Fez bem a Milena aquele pedido. A cada dia que passava, Hisham aceitava o fato de que voltaria para o Egito.

No final da tarde, assim que retornaram à casa da tia de Milena, Hisham perguntou à amiga se havia um lugar onde pudesse fazer suas preces. E, daquela vez, rezou com fervor. Pediu do fundo do coração que Alá, mais do que nunca, o protegesse.

Finalmente a hora da recepção chegou. A família de Milena se produziu à altura e partiu levando um Hisham vestido a caráter para o jantar mais importante de sua vida, com o cabelo empastado de gel, que causou *frisson* entre as primas cariocas. Em poucos minutos, chegaram ao consulado do Egito. Rafael nem precisou se identificar; bastou ao guarda ver a placa de seu carro para indicar onde deveria estacionar. Um funcionário veio recebê-los e os conduziu para uma sala. Logo depois, o mesmo funcionário entregou algo a Hisham.

– Vejam, agora não sou mais um clandestino! – ele comemorou, mostrando a todos o passaporte com o visto.

Poucos minutos depois, o embaixador e o cônsul apareceram para saudá-los, esbanjando simpatia. Cumprimentaram Hisham com um beijo em cada face e tiveram uma breve conversa em árabe com ele. Em momento algum foram rudes ou o repreenderam. Em seguida, o cônsul apresentou sua mulher e suas filhas gêmeas de doze anos. Uma delas era tranquila e simpática. A outra, Hisham, Milena e Mariana mais tarde concordariam, nem tanto. Gêmeas idênticas, mas com gênios completamente diferentes.

– Quem sabe, suas futuras esposas! – Mariana provocou Hisham aos sussurros, fazendo-o rir.

Foi um jantar muito agradável, sem formalidades exageradas. Foram servidos diversos tipos de arroz, carnes e saladas que Rafael e sua família acharam deliciosos. Para fechar, foi trazida uma infinidade de doces que eles igualmente adoraram, divertindo-se com a insistência do cônsul para que provassem todos eles.

Terminado o jantar, o cônsul convidou todos a acompanhá-lo até o terraço, onde o chá seria servido. E ainda disse em inglês:

– Precisamos ter uma conversa séria com você, Hisham.

Havia chegado a hora da verdade, ele pensou. Não sabia o que esperar, mas se preparou para o pior cenário possível: dar adeus a Milena e sua família, sair dali direto para um avião rumo a uma capital europeia e, depois, ao Cairo. Muito provavelmente de volta à prisão da tia Bahira. Uma imagem que apertou seu peito.

O embaixador conversou por um bom tempo em árabe com Hisham, conversa que as gêmeas, a pedido do pai, traduziram para o português. Pediu que ele falasse de sua família no Egito. Depois, que contasse sobre sua epopeia, desde o desaparecimento de seus pais até sua fuga clandestina.

Quando Hisham terminou sua narrativa, o embaixador e o cônsul se olharam e murmuraram algo entre si. Então o embaixador perguntou em inglês, deixando claro que gostaria que os convidados o entendessem:

– Você faz alguma ideia do risco que correu?

– Agora sim – Hisham admitiu. – Mas no momento do desespero, eu... Fugir foi a única coisa que me veio à cabeça.

O embaixador e o cônsul voltaram a se olhar. E o cônsul finalmente deu uma bronca também em inglês em Hisham, ainda que em voz serena, desfiando todos os riscos que ele havia corrido: de ferir sua integridade, de deportação, de criar um impasse internacional, de fazer seu tio perder o emprego, algo que felizmente – Hisham suspirou aliviado – não havia acontecido, mas também o risco de causar problemas a Rafael e sua família. Hisham ouviu calado a reprimenda e, ao final, dando mostras de sua educação esmerada, desculpou-se formalmente.

Satisfeito, o embaixador retomou, uma vez mais em inglês:

– Você não soube mais nada de seus pais desde então?

– Não – Hisham respondeu. – Nada mais. Somente isso que lhes contei, que eles foram dados como mortos. Que a maioria dos estrangeiros já havia deixado a Indonésia. E que milhares de pessoas haviam sido levadas pelas águas.

O cônsul então perguntou:

– Então, foram homens se dizendo assistentes sociais que trouxeram a notícia do desaparecimento de seus pais?

Hisham achou a pergunta estranha. Ele os encarou por algum tempo antes de responder:

– Pensei que vocês soubessem disso.

– E sua tia seguiu o conselho daqueles homens e deu entrada no pedido de guarda de vocês e da posse dos bens de seus pais?

– Ela não fez só isso! – Hisham o corrigiu indignado. – Ela invadiu nossa casa e se apossou de dinheiro do meu pai e das joias da minha mãe. Foi o motivo pelo qual eu fugi.

O embaixador sorriu. Um sorriso de certa forma misterioso, Milena pensou consigo mesma.

– Não achei justo o que ela fez – Hisham acrescentou.

– Mas ela seguiu a sugestão daqueles homens, não foi?

– S-Sim, mas... – E, não suportando mais aquele interrogatório, Hisham se exaltou indignado: – Mas aonde vocês querem chegar? Por favor, não me deixem mais nervoso do que estou. Tenho que voltar para a casa de minha tia, é isso?

– Não é nada disso – o embaixador respondeu sereno, num inglês inferior ao de Rafael. – Queremos que você reflita sobre um detalhe: enquanto você planejava sua fuga, em algum momento chegou a considerar que poderia estar se precipitando?

Hisham não respondeu. Apenas refletiu brevemente, lembrando-se uma vez mais do *sheik*, tomado pela sensação de que eles o estavam preparando para aceitar a vida sob a guarda de sua tia Bahira. Rafael entrou na conversa, falando em inglês.

– Curioso, embaixador, eu disse algo parecido para ele. Mas ele tem apenas treze anos. Não se pode exigir uma maturidade como a sua ou a minha.

– O senhor tem razão – o embaixador concordou sorrindo. – Mas acho que ele vai ter uma boa lição. Por certo, a lição mais importante de sua vida.

Enquanto Hisham ficava cada vez mais nervoso, o embaixador deu um generoso gole em seu chá de hibisco, acendeu um cigarro e pigarreou.

– Temos algo interessante para lhe contar, Hisham.

Era a hora da verdade, Hisham pensou, ajeitando-se na cadeira e preparando-se para o golpe.

– Na próxima terça-feira, duas pessoas chegam a São Paulo para buscá-lo. Você vai voltar para o Egito.

– Duas... Duas pessoas? – Hisham gaguejou.

– Sim, duas pessoas – o embaixador confirmou. – Você consegue imaginar quem são?

– Meu tio Samir e minha tia Bahira? – Hisham indagou agoniado, com os mesmos olhos esbugalhados que, dias antes, haviam cortado o coração de Milena.

– Nenhum dos dois! – o embaixador respondeu pausadamente.

– Então, é a polícia egípcia?

– Tampouco! – o embaixador rebateu, achando graça.

Sem saber o que pensar, Hisham se voltou para Milena e Rafael. Só depois de muito tempo ele perguntou impaciente:

– Quem vem me buscar, afinal de contas?

Foi só então que o embaixador abriu um novo sorriso. E tanto Hisham como Milena perceberam que, desta vez, era um sorriso simpático. Efusivo. Amigo. Doce. Um sorriso de alguém que quer dar uma boa notícia.

– Seus pais, Hisham.

Hisham sentiu um tremor que quase o fez dar um salto naquela cadeira larga e confortável, e um arrepio que começou no couro cabeludo e desceu feito raio por sua espinha.

– Meus pais? – ele gaguejou surdamente.

– Sim, Hisham. São seus pais quem vêm buscar você. Eles sobreviveram ao *tsunami*.

Assim que recuperou a respiração, Hisham deixou que um choro copioso o tomasse. Primeiro olhou para Rafael, que estava sorridente e comovido, lembrando-se da sugestão feita dias antes, para que não perdesse suas esperanças. Depois, para Milena, que fazia força para não chorar. E se atirou de joelhos ao chão, grudando a testa no grande tapete. Dando todas as graças a Alá.

19

A despeito das realidades diferentes

Quando abriu os olhos e despertou na manhã de segunda-feira, Hisham respirou fundo, buscando a certeza de que não estava sonhando. De que estava em São Paulo, no Brasil, na casa de uma família generosa que o havia acolhido e que o levara para conhecer uma cidade maravilhosa, onde recebeu a notícia mais feliz de sua vida. Poucos instantes foram necessários para se dar conta de que não fora um sonho.

– Alá seja louvado! – ele murmurou em árabe.

Em seguida, ele se espreguiçou, bocejou e abriu os olhos. Notou que alguém o observava. Milena lhe deu bom-dia.

– Bom dia. Faz tempo que você está aí?

– Acho que sim. Meia hora, talvez mais.

– Que horas são?

– Nove horas. O dia está lindo e vai fazer bastante calor.

– Por que você não me acordou antes?

– Você estava dormindo tão gostoso! Como se não dormisse fazia muito tempo.

Ele sorriu encabulado. Milena havia definido bem seu estado de espírito. Aquela fora sua melhor noite de sono em muitas semanas.

– E então? Já perdoou sua tia Bahira?

– Vai demorar ainda – ele respondeu.

– Mesmo sabendo que ela foi vítima de um golpe?

– Isso não justifica o que ela fez. Graças a Alá, o golpe não deu certo. Você pode imaginar se aquela quadrilha tivesse conseguido mesmo sequestrar os bens de meu pai? Se não fosse meu tio Samir ligar para ela e para as autoridades alertando que meus pais estavam vivos, talvez tivéssemos perdido tudo.

Milena sorriu, embora ainda não tivesse entendido perfeitamente a incrível história que o cônsul lhes havia contado antes de fazer uma ligação para que Hisham conversasse com os pais depois de mais de um mês.

– Vai lá – ela o encorajou. – Ligue para seus pais, eles devem estar se preparando para partir.

Hisham já havia falado com eles no sábado e no domingo. Daquela vez, foi bem rápido. Desejou boa viagem ao pai, dizendo que não via a hora de poder abraçá-lo.

– Achei que você fosse falar com o Khaled.

– Eu pedi, mas ele disse outra vez que meu irmão ainda estava de cama sem poder falar.

Milena deu de ombros, sem entender. E o atiçou para que tomassem logo o café, pois queria aproveitar a última manhã na piscina a seu lado.

Após o almoço, desta vez um quibe de forno e um tabule que Hisham lhes preparou e que as duas adoraram, ele pediu ajuda a Milena. Disse que precisava devolver ao Renato o uniforme com que havia jogado futebol.

– Tudo bem, mas antes precisamos ter uma conversa. E quero que seja agora, porque a Mariana foi tirar um cochilo e não vai nos ouvir.

Sem entender, Hisham a seguiu até a sala.

– Sei que amanhã você vai para o hotel com seus pais, por isso... Por isso, acho que não vou ter mais chance de...

– Que aconteceu? – ele estranhou o fato de ela parecer tão relutante. – Em todos estes dias não vi você assim.

Milena respirou fundo e confessou:

– Estou com o coração apertado. Porque vamos dizer adeus.

– Como você mesma disse, era inevitável.

– Eu sei. Mas me bateu uma tristeza, um vazio grande!

– Não está sendo diferente para mim. Estou explodindo de felicidade por meus pais estarem vivos. Mas sei que vai ser duro dizer adeus para você.

Milena mordeu seu lábio, indecisa. Seu coração lhe pedia para fazer algo, mas não sabia se Hisham a entenderia.

– Feche os olhos, Hisham!

– Como assim?

– Vai, cala a boca e feche os olhos!

Desconfiado, ele obedeceu. E nem viu Milena se aproximar. Teve um breve de susto quando sentiu a boca de Milena colar na sua, chegou até a arregalar os olhos. Mas ele logo amoleceu. Deixou que aquele beijo se prolongasse por vários segundos que pareceram uma eternidade. E que fizeram os dois sentir um calor intenso. Um sentimento, no fundo, gostoso.

– Uau, Milena! – ele murmurou estupefato. – É a primeira vez que eu beijo uma garota! Foi fantástico!

– Você sabe que não é a primeira vez que eu beijo um garoto. Mas esta foi a vez que eu fiz com... com mais sentimento.

Hisham deu um suspiro extasiado e perguntou:

– Isso é uma declaração de amor?

– De certa forma, sim. Mas... como é que eu vou dizer isso, Hisham? É um amor diferente.

– Ah, que pena! – ele brincou. – Achei que você fosse me pedir em casamento. Há alguma chance?

– Não, Hisham – ela respondeu, ainda sustentando o sorriso de ternura e segurando sua mão. – Quero que você encare como um presente. Um presente para nós dois guardarmos para o resto de nossas vidas. Será que Alá vai ficar bravo comigo?

– Tenho certeza de que não, Milena – ele sorriu.

Milena, então, puxou a mão de Hisham até seu rosto. E disse com ternura:

– Sempre dissemos isso um para o outro: nós somos muito diferentes. Vivemos realidades diferentes.

– E mesmo assim - ele ponderou – aqui estamos nos dando tão bem quanto duas pessoas poderiam se dar.

Milena sorriu, gostando do que ouviu.

– Sei que você vai conhecer uma boa moça, talvez a filha de um amigo de seu pai, vai se casar com ela e ser feliz.

– E eu sei – Hisham disse em seguida – que você vai ser uma pessoa diferente, vai fazer muitos amigos, vai crescer e se tornar uma mulher ainda mais bonita do que é.

– Mas quero guardar esse beijo para sempre. Para ter certeza de que eu nunca vou esquecer você.

– Como é que eu poderia um dia esquecer você, Milena? A garota que me fez compreender tantas coisas e que me ajudou na hora em que mais precisei? Isso se chama respeito, Milena, e eu prezo muito quem me respeita e respeita a minha cultura, a minha religião.

Sem nenhum receio, e achando o máximo as palavras de Hisham, Milena o abraçou com força e carinho, deixando que um choro manso viesse. E Hisham também a abraçou. Sem receio algum de que Alá o punisse.

20

Um homem exemplar

Eram nove e meia da manhã da terça-feira quando Rafael, Milena e Hisham chegaram ao aeroporto. Logo encontraram Abud, desta vez simpático e extrovertido.

– O avião acabou de pousar – ele explicou. – Vai demorar um pouco ainda para eles saírem.

– Falta pouco, garoto! – Rafael brincou com Hisham, desmanchando seus cabelos.

– Sei por que o senhor está feliz, senhor Rafael – Hisham contra-atacou. – É porque vai se livrar de mim.

– É, é verdade. Não aguento mais ver a sua cara, moleque!

Hisham riu da careta que Rafael fez. De repente, sem nenhum motivo aparente, pareceu se lembrar de alguma coisa.

– Acho que o momento é perfeito para nós três conversarmos.

– Nós três? – Rafael e Milena estranharam ao mesmo tempo.

– Ainda espero você pedir desculpas para seu pai, Milena. Desde que cheguei, você foi rude e não o tratou com o respeito devido. Hoje você foi mais uma vez injusta com ele. Seja lá o que lhe disse, você o deixou muito chateado.

– Pois é, filha! – Rafael confirmou em português. – Ele tem razão, estou cansado de tomar bordoada sua sem motivo.

– Mas é meu gênio, pai! – ela justificou, também em português.

– Então faça força para mudar seu gênio, Milena! – Hisham reforçou em inglês.

– Mas vejam só isso! – Rafael se espantou. – A cada dia ele entende mais coisas em português!

– Há muitas coisas que você precisa aprender e rápido – Hisham acrescentou, deixando a amiga mais acuada. – Principalmente, perdoar e pedir perdão. Você não imagina como isso faz bem!

Milena permaneceu um bom tempo calada e refletiu sobre os catorze dias em que conviveu com o amigo. Sobre o beijo que deram na tarde anterior. Sobre tantas coisas que ele lhe ensinou. Reconheceu que aquele garoto era um presente que a vida lhe dera. Que merecia não somente sua amizade e confiança. Merecia que atendesse a seu pedido, tão justo.

Hisham vibrou ao ver Milena abraçar o pai pela cintura e dizer em português algo que ele compreendeu:

– Me desculpa, pai! De coração, me desculpa! Ele tem toda razão, eu preciso mesmo maneirar com você!

Rafael ainda nem havia se recuperado da surpresa, quando sua filha foi adiante:

– Preciso que você me ajude a não ser tão birrenta. A não falar essas bobagens que, na maioria das vezes, eu falo sem pensar.

Ainda abraçada, Milena não pôde ver a cara de espanto que Rafael fez, apertando-a contra si.

– Vou fazer o melhor que puder, minha filha. Admito que preciso aprender a argumentar melhor com você.

Milena sorriu para Hisham, que os observava satisfeito.

– Como primeiro passo, foi muito bom! – ele a elogiou.

Quarenta minutos depois, alguns passageiros do voo vindo de Roma começaram a sair pelo portão de desembarque. Hisham mal podia se conter de ansiedade. Passaram outros dez minutos até ele ver o casal esperado aparecer. Assim que os reconheceu, saiu correndo para um abraço emocionado.

Milena observou comovida o homem gordo, um pouco mais baixo que seu pai, de cabelos e barbas grisalhos – uma versão quarenta anos mais velha de seu amigo –, que caminhava com o auxílio de uma bengala, abraçar Hisham e cobri-lo de beijos. Veio acompanhado de uma mulher robusta, da mesma altura que ele, mas de rosto muito bonito, com uma expressão severa que contrastava com a alegria contagiante do marido.

Milena e Rafael tiveram que esperar muito para serem apresentados. Embora Hisham tentasse, seus pais não paravam de falar, um feliz por reencontrá-lo, outra reclamando de sua insensatez. Saindo em socorro de Hisham, Abud se apresentou em árabe, para depois apresentar Milena e seu pai. Halim, o pai, os cumprimentou em inglês com uma simpatia sincera, no entanto Mazna, a mãe, não se moveu. Nem sequer aceitou apertar a mão estendida de Rafael, nem mesmo esboçou um sorriso.

– Que aconteceu, mãe? – Hisham perguntou em árabe.

Só então ela começou a falar, num inglês muito ruim, porém compreensível o suficiente para fazer os outros entenderem sua indignação:

– Você, menina, encheu a cabeça do meu filho! O envenenou! Você é a culpada por todo este transtorno! Se não fosse por você, ele jamais teria coragem de fazer tamanha loucura!

No instante seguinte, Hisham pediu que a mãe parasse de dizer aqueles absurdos. Halim também implorou que Mazna pedisse desculpas, pois estava traindo sua confiança. Enquanto Hisham conversava com a mãe, seu pai se voltou para Milena e Rafael.

– Por favor, perdoem minha mulher! Ela ainda está muito perturbada e com os nervos à flor da pele!

– Como assim, perturbada? – Hisham não aceitou. – Vocês sobreviveram e deveriam estar dando graças a Alá! Não me importo que vocês estejam furiosos comigo, mas não é justo que ela diga essas coisas para quem me acolheu! Vocês deveriam agradecer ao senhor Rafael e à Milena!

– Eu sei disso, meu filho. Vou agradecer devidamente, mas seja paciente com sua mãe.

– Paciente? Por favor, papai, peça que ela se retrate de tudo o que disse! É preciso que ela se desculpe!

Halim ainda tentou argumentar em árabe com o filho, mas, vendo que Hisham não se acalmava, ergueu a voz e exigiu que o filho se calasse. Só então Hisham se conteve.

– Ela está perturbada assim, meu filho... porque Khaled morreu.

Milena sentiu um frio na espinha. E sua garganta ficou apertada ao ver lágrimas nos olhos de Halim.

– Mas... mas, pai, o senhor disse que... que ele estava de cama se recuperando e...

– Eu menti, Hisham! – Halim o interrompeu com a voz embargada. – Não tive coragem de lhe dizer ao telefone! Seu irmão desapareceu durante o *tsunami*!

– Não pode ser! – Hisham gaguejou surdamente.

– Nós sobrevivemos, mas seu irmão não teve a mesma sorte. Por favor, honre o nome que escolhi para você e seja generoso com sua mãe! Você não pode imaginar o que é perder um filho! Nosso primeiro filho!

Desconcertados com a cena, Rafael e Milena se arrepiaram. Atordoado, Hisham se virou para Milena, que já estava a seu lado para lhe dar o ombro, onde chorou copiosamente. Uma cena que comoveu Mazna.

Foi o tempo de que Halim precisava para se recompor, respirar fundo, enxugar suas lágrimas e se voltar para Rafael.

– Uma vez mais, peço desculpas pelas palavras indelicadas de minha mulher.

– Não é necessário! – Rafael contemporizou. – Sinto muito por seu filho, senhor Halim!

Rafael disse o mesmo para Mazna, que agora também chorava, e que meneou a cabeça, parecendo aceitar as condolências.

– Não era necessário que vocês viessem – Rafael retomou. – Vocês devem estar esgotados. Tenho certeza de que o senhor Abud aqui tomaria todas as providências e...

– Sim – Halim o interrompeu –, ainda estamos mesmo debilitados, mas fiz questão de vir pessoalmente conhecer o senhor e sua família. O senhor Abud, o cônsul, o embaixador, todos disseram que ele não poderia ter ficado em lugar melhor. O *sheik* me garantiu que foi obra de Alá, que ele estava sob a guarda de pessoas maravilhosas. Era o mínimo que eu poderia fazer.

Enquanto Rafael sorria, apreciando o que acabava de ouvir, Milena, que ainda consolava o amigo, perguntou:

– O senhor me permite ficar com vocês no hotel?

– É melhor não, filha! – Rafael quis se opor. – Eles estão cansados, querem conversar com o Hisham e, além de tudo...

– Não, de forma alguma! – Halim o deteve. – Você me faria um grande favor, minha querida! Pode ir sossegado, senhor Rafael. Mazna não vai dizer mais nada desagradável para sua filha.

Abud também tranquilizou o pai de Milena, dizendo que ele mesmo os levaria para o hotel. Embora ressabiado, Rafael concordou. Despediu-se e foi trabalhar.

Enquanto Hisham e seus pais se instalavam no quarto de um dos melhores hotéis da região dos Jardins, Milena aguardava pacientemente no saguão. Hisham não demorou a descer. Já parecia mais conformado com a morte do irmão, embora a expressão de tristeza não tivesse abandonado seu rosto. Milena o levou para dar uma rápida volta pela avenida Paulista, onde já havia estado com ele, passeio que o ajudou a apascentar o coração. Um pouco antes do meio-dia e meia, os dois voltaram e encontraram Halim e Mazna na porta do restaurante do hotel. Ao vê-los, Halim murmurou algo em sua língua para a esposa, que assentiu, aproximou-se de Milena, segurou carinhosamente sua mão e disse:

– Fui injusta com você, Milena. Por favor, me desculpe.

Sentindo-se aliviada, Milena a abraçou com força.

– Sinto muito pelo seu filho. Do fundo do coração.

Mazna não somente aceitou o abraço, como segurou Milena firmemente contra si, chegando a soluçar em seu ombro.

– Que Alá abençoe você, garota! – Halim a saudou com um beijo no rosto, indicando que entrassem. – Você cuidou bem de meu filho. Olhe só como ele está bem, até parece que engordou.

– Eu engordei mesmo – Hisham confirmou –, e você vai entender por quê.

– Agora, Milena, nos ajude a escolher o que vamos comer.

Milena fez um comentário sobre cada uma das especialidades brasileiras, inclusive sobre a feijoada que o garçom ingenuamente tanto insistiu para que escolhessem. Halim escolheu um linguado, Mazna uma carne, e Milena e Hisham dividiram uma massa e uma carne.

– Você não faz ideia de como os brasileiros comem bem! – Hisham disse ao pai. – Tudo aqui é farto e delicioso! E a culinária deles é fantástica!

– Meu filho contou que cozinha bem?

– Sim, senhor Halim – Milena riu. – Ele cozinhou várias vezes para nós. E lá na casa da minha tia do Rio de Janeiro também.

– Vocês o deixaram cozinhar? – Mazna se assustou.

– Sim – Milena não entendeu –, e ele fez sucesso. Minha família adorou o carneiro assado que ele fez.

– Tenho pavor em imaginar o estado em que ficou a sua cozinha! – Mazna fez os três rirem com seu comentário.

Em instantes o garçom trouxe as bebidas. Hisham incentivou os pais a provarem o guaraná. Halim não achou grande coisa, mas Mazna se assombrou.

– Hisham, meu filho, que bebida deliciosa! A cor é bonita e o sabor é maravilhoso. Do que é feito?

– De uma frutinha do Norte do país – Hisham explicou.

– Halim, quero que você importe este refrigerante. Isso vai vender feito água no Egito!

Halim concordou com o filho sobre a fartura, mesmo que Milena reclamasse das porções nada generosas de um restaurante que custava os olhos da cara. Halim apreciou com gosto seu peixe, enquanto Mazna mal tocou em seu prato, apesar de garantir que estava uma delícia. Não era jogo de cena, Milena reconheceu. Ela estava realmente deprimida.

Quando estavam quase terminando de comer, Hisham pediu que o pai contasse sobre o que havia acontecido na Indonésia.

– Não há como descrever o que passamos – Halim começou. – A devastação, o desespero dos que foram atingidos, o pânico, os milhares de mortos que se viam em todos os lugares.

Milena e Hisham ouviam atentos.

– Tivemos muita sorte de não nos machucarmos muito; a água nos apanhou e nos arrastou por alguns metros. Poucos tiveram a mesma sorte. Nós nos seguramos numa grade do jardim do hotel, esperando até que a água se fosse. Mas quem estava na praia, como Khaled, não teve o que fazer. Dezenas de milhares de pessoas foram arrastadas. E seus corpos não foram encontrados. – Halim se deteve por um momento e pousou os talheres no prato. Limpou seus lábios e prosseguiu: – Mais desesperador foi tentar fazer contato com o Egito. Precisei de 24 dias para conseguir falar com meu irmão Samir. Sem dinheiro, sem documentos, comendo mal, dependendo de ajuda humanitária, da solidariedade das equipes de resgate, dormindo nas ruínas do hotel em condições precárias, vendo gente precisando de cuidados e morrendo sem que pudéssemos fazer nada.

Naquele instante, Hisham deu um salto na cadeira.

– Vinte e quatro dias, Milena! Eles fizeram contato com meu tio no dia 17 de janeiro. O dia em que eu fugi. Se eu tivesse esperado um ou dois dias...

– Você estaria lá para receber seu pai! – Milena completou, assim como ele, achando incrível.

– E o *sheik* me disse que... que eu deveria ter rezado mais para Alá. Que Ele teria me guiado.

– Hisham, por favor! – Milena pediu, segurando sua mão, não se importando com o que os pais do amigo pensariam a respeito. – Nós já conversamos sobre isso, não há motivos para arrependimentos.

Em seguida, Milena perguntou ao pai de Hisham:

– E como vocês conseguiram voltar para o Egito?

– Depois de dez dias, quando perdemos as esperanças de encontrar Khaled, decidimos abandonar o que havia restado do hotel e caminhar até uma cidade que tivesse aeroporto. Caminhamos por quase duas semanas, sofremos muito, passamos sede e fome, ficamos exaustos, enfrentamos perigos. Por mais de uma vez, grupos de saqueadores tentaram levar o pouco que tínhamos.

– Meu Deus! – Milena murmurou em português.

– Mas também encontramos gente boa. Foi com ajuda de sobreviventes da Indonésia que, depois de uma jornada exaustiva, chegamos a uma base militar. Conseguimos sair do país num avião da Cruz Vermelha, que nos deixou em Riad.

– É isso, então! – Hisham se exaltou. – Riad, a capital da Arábia Saudita, Milena. É por isso que meu tio Samir...

– Sim, Hisham! – Halim confirmou. – Seu tio, que jamais havia feito uma viagem ao exterior, voou para Riad assim que consegui falar com ele. Foi nos encontrar no hospital onde estávamos internados para providenciar nosso retorno. E quando cheguei ao Cairo e soube o que você havia feito, meu filho, eu quase... quase tive um infarto!

Hisham sorriu embaraçado, desarmando o pai. Mas não se livrou da reprimenda de sua mãe.

– Você fez muito mal, Hisham! Quase matou seu pai do coração, você pensou nisso quando decidiu fugir?

– Não, mãe! – Hisham falou. – Eu não pensei em meus pais porque, segundo sua irmã, aquela que quis roubar os seus bens, vocês estavam mortos!

– Sua tia! Ela é sua tia e ela não quis roubar nada!

– Eu nunca mais vou chamar aquela fanática de tia! Sei que devo desculpas ao tio Samir, mas não quero mais ver aquela louca na minha frente!

– Eu queria – Milena indagou curiosa –, claro, se o senhor puder contar, entender melhor essa história. Quem eram aqueles homens que falaram para a senhora Bahira que vocês estavam mortos? E de que forma eles queriam enganá-la?

Com um sorriso discreto, Halim explicou:

– Imagine a seguinte situação. Estamos em férias, numa pequena cidade litorânea da Indonésia, quando, de repente, acontece uma tragédia naquela região. Assim como deve ter acontecido em outros países, pessoas mal-intencionadas vão atrás de listas de desaparecidos, conseguem isso facilmente em agências de viagem. Sem muita dificuldade, contatam seus parentes, se apresentam como representantes da assistência social ou de qualquer organização humanitária, dizem ter informações seguras de que aquelas pessoas morreram e fazem uma sugestão, com a melhor das intenções: que resgatem imediatamente os bens dos parentes mortos, antes que o governo os confisque.

– Mas... mas o governo egípcio faria isso?

– Talvez, mas só se depois de muito tempo ninguém reclamasse meus bens – Halim explicou. – O que não seria o caso, pois Samir tem instruções explícitas para tomar conta de meus bens em nome de meus filhos, caso aconteça algo conosco. Mas, no desespero e na tristeza de uma perda, pode-se compreender que uma pessoa não raciocine direito, nem se preocupe em averiguar com mais cautela uma história contada com detalhes requintados, que convenceriam a qualquer um, nem em verificar quem eram aqueles criminosos.

– Ah, pai, dá um tempo! – Hisham não aceitou. – Ela invadiu nossa casa e pegou dinheiro e...

– Eu estou falando, Hisham! – Halim o calou em árabe e, com um olhar severo, prosseguiu, voltando-se para Milena: – Então, essas pessoas ingênuas seguem cegamente as instruções daquela quadrilha e, inadvertidamente, transferem fortunas para eles.

– Mas como eles ficaram sabendo que estávamos lá na casa da tia Bahira? – Hisham não aceitou. – O Anwar tentou argumentar com eles, achou estranho que tivessem informado que estávamos lá, e a tia preferiu dar ouvidos a eles.

– Anwar estava certo – Halim respondeu. – Não foi a agência de viagem quem disse a eles que vocês estavam lá. Foi nosso empregado. Eles ligaram para nossa casa e ele ingenuamente contou tudo. Por isso eles sugeriram que Bahira o dispensasse imediatamente: para que não desse pistas do que havia acontecido.

Boquiaberta, Milena finalmente compreendeu o golpe que tentaram dar na tia de Hisham.

– Sabe, Milena, até me arrisco a dizer que minha cunhada Bahira foi descuidada. E, realmente, ela não deveria ter ido à nossa casa e pegado nossas coisas.

– Ela já disse que temia que nossa casa fosse saqueada! – Mazna justificou.

– Mas, se não fosse meu irmão me fazer falar com ela a tempo – Halim parecia ignorar a mulher –, acho que eu não teria condições de estar aqui hoje.

Aproveitando a deixa, Mazna tentou falar algo em árabe para Hisham, mas ele pediu à mãe que falasse em inglês.

– Será que você acredita agora que ela não agiu por mal?

– Isso não é desculpa para ela nos tratar da forma que nos tratou – Hisham rebateu –, muito menos para invadir nossa casa. Pergunte ao Anwar tudo o que ela nos disse assim que ouviu que vocês haviam morrido. Nunca mais quero ver aquela mulher na minha vida, mãe. Por favor, não me obriguem a ficar com ela de novo, senão eu cometo outra loucura!

Halim fez uma repreensão severa em árabe que finalmente calou Hisham. Naquele instante, Milena admirou sua autoridade. "Um homem exemplar!", ela pensou consigo mesma. "Como meu pai!"

– Isso é assunto para discutirmos em família, quando voltarmos para o Egito – Halim finalizou em inglês. – Milena não merece presenciar esta discussão desagradável.

Imitando Milena, que tinha aquele tique, Hisham bufou. Embora seus pais não entendessem, Milena fez força para não rir do gesto de pouco-caso do amigo, que lhe pareceu gracioso.

– Mas você realmente nos deu um grande susto! – seu pai retomou a conversa. – Pensei que tivesse perdido você. Para sempre!

Hisham pensou consigo mesmo por um breve momento. Algo lhe veio à mente. E ele disse a Milena:

– Você estava certa.

– Eu sempre estou certa – Milena brincou, sorrindo. – Mas do que você está falando?

– Primeiro você disse que Deus escreve certo por linhas tortas. Depois, que Alá estaria cuidando dos dois. Você tinha razão, afinal de contas.

Milena riu-se a valer, lembrando-se da conversa.

– Sou eternamente grato – Halim a agradeceu – pelo que você e sua família fizeram por meu filho.

Milena pensou antes de responder. Buscando dentro de si uma maturidade que raras vezes conseguia se manifestar, ela resolveu ser sincera.

– Sou eu quem tem que agradecer, senhor Halim. Seu filho é uma pessoa especial para mim. O senhor não faz ideia do quanto eu amadureci nessas duas semanas. Foram as melhores férias da minha vida.

Halim abriu um sorriso bonito, arregalando os olhos, fazendo uma careta graciosa.

– Ora, veja só Mazna! Será que nosso filho encontrou numa terra tão distante sua futura esposa?

Milena esperava que a mãe de Hisham ficasse furiosa, que soltasse impropérios contra o marido. Entretanto, Mazna deu uma risada vigorosa, abandonando sua melancolia, mostrando o quanto era bonita. E, depois de algum tempo, disse:

– Bem, se ele quer assim, preciso dizer que Hisham tem bom gosto. Você é muito bonita, Milena.

– Parem com isso vocês dois! – Hisham pediu, absolutamente envergonhado. – Este é um assunto que nós dois já resolvemos.

Em seguida, Halim fez um pedido:

– Aceita passear conosco, Milena? Que tal nos levar para conhecer sua cidade?

– Ótima ideia. Mas tenho um recado para vocês. Minha mãe me ligou antes de virmos almoçar e ela exige, eu repito, ela *exige* que eu os leve para jantar conosco em casa.

Mazna ensaiou dizer que não era necessário, que eles estavam muito cansados, contudo Halim a deteve.

– Então ligue para sua mãe dizendo que aceitamos o convite com muita honra, mas com uma condição: que amanhã o jantar seja por nossa conta. Vocês serão nossos convidados.

– Pode deixar comigo – Milena garantiu.

Milena os ciceroneou em um passeio de quase quatro horas pela cidade. E depois os levou para conhecerem dois *shoppings* sofisticados, que deixaram Mazna deslumbrada.

Por volta das sete e meia, quando ainda havia luz do sol, Milena chegou à sua casa com a família de Hisham. Halim apreciou a recepção, ficou encantado com Mariana, conversou muito com Rafael – Milena não entendeu por que Halim conversou por tanto tempo em particular com seu pai – e gostou de ver Mazna se divertindo sem receio com Milena e Mariana.

Ao contrário do almoço, quando mal tocou em seu prato, Mazna se deslumbrou tanto quanto o marido com os pratos, entre eles uma lasanha de berinjela, servida por Carolina.

Compreendendo que os dois estavam fatigados, Rafael os levou para o hotel assim que terminaram de comer, aceitando o convite e reiterando que todos se veriam na noite seguinte.

Milena voltou com o pai para casa feliz da vida. E teve seu quarto de volta só para si.

21

O sorriso de Hisham

A contragosto, Milena voltou às aulas na manhã da quarta-feira, embora tivesse uma autorização escrita dos pais para, extraordinariamente, sair às dez e meia. Ficou aliviada por não ter perdido nada importante nos dois dias anteriores e, assim que a aula terminou, pegou um táxi, voou para o hotel e foi passar o resto do dia com Hisham. Logo que a viu, ele avisou:

– Quero levar meus pais para conhecerem o Guarujá e Santos. Já acertei com um táxi aí da portaria. Que tal almoçar lá, Milena? Vamos falar com o seu pai para ver se ele deixa.

– Ótima ideia! – ela se animou.

Depois de tudo acertado com Rafael, Milena temeu que o trânsito os atrapalhasse, mas tudo correu muito bem. O motorista que os levou foi prestativo, o trânsito estava melhor que de costume, chegaram rápido à Baixada e os pais de Hisham apreciaram o passeio, que lhes fez muito bem.

Milena seguiu a recomendação do pai sobre o restaurante que deveria sugerir e controlou bem o horário.

Passava das cinco horas da tarde quando o táxi estacionou em frente do prédio de Milena. Halim entregou a ela um cartão onde estavam escritos o nome e endereço do restaurante.

– Esperamos vocês todos às oito e meia, certo?

Hisham acenou para Milena e disse em português para o motorista que queria ir ao *shopping center* que ficava a poucas quadras dali.

– Ele entendeu você, Hisham?

– Sim, pai, não se preocupe. Ele disse que nos espera.

E Hisham os levou para a penúltima missão.

Um pouco depois das oito e meia daquela noite, Rafael e a família chegaram a um dos restaurantes mais renomados dos Jardins, onde Hisham e seus pais os aguardavam.

– Ainda falta chegar uma pessoa – Hisham explicou, assim que todos se sentaram.

– Deve ser o Abud – Milena arriscou para a mãe.

Enquanto esperava, Milena entregou a cada um dos três em nome da família alguns presentes, todos bem simples: um artesanato feito em pedras semipreciosas para Mazna; um livro de capa grossa com fotografias do Brasil para Halim; e, para Hisham, um avental e um chapéu de *chef*, que o amigo vestiu na hora.

– *I loved it, I loved it!* – ele repetiu várias vezes, vibrando.

Instantes depois, o último convidado chegou. Milena sorriu ao rever o *sheik*, que vestia novamente um traje religioso branco, embora muito mais elegante que o outro. Hisham o apresentou aos pais, que lhe fizeram uma reverência. Depois, o apresentou a Rafael.

– Que surpresa incrível, meu bom garoto! – foi a primeira coisa que o *sheik* disse em árabe. – Então Alá não foi somente misericordioso. Alá lhe deu um grande presente!

Hisham traduziu para Milena o que ele havia dito. E, sorrindo, emendou em inglês:

– Talvez o melhor presente da minha vida.

– E você, menina, como vai? – o *sheik* prosseguiu, agora em português, acariciando o rosto de Milena. – Pelo que soube, vocês cuidaram muito bem dele.

– Ele também foi um presente para nós – Rafael se adiantou.

– Que bom ouvir isso! – o *sheik* comemorou. – É gratificante viver num país abençoado, onde cristãos e árabes podem se dar bem. Onde as pessoas compreendem que não podem culpar todos os muçulmanos por um ato terrorista absurdo e covarde que abalou o mundo há poucos anos.

– O senhor tem toda razão – Rafael concordou, enquanto Hisham traduzia para os pais o que *sheik* dissera.

Ainda que estivessem num restaurante requintado, foi um jantar muito divertido. Hisham contou para os pais e para o *sheik* tudo o que lhe aconteceu durante aquelas duas semanas, do quanto admirava a família de Milena, de sua viagem ao Rio de Janeiro, do jantar com o cônsul, e de suas peripécias na cozinha de Carolina. Disse ainda que o pai deveria pensar, no futuro próximo, em conhecer o Brasil, que havia lugares maravilhosos para serem visitados.

Quando o jantar terminou, Milena achou estranho que Hisham fosse atrás do garçom para depois voltar com uma sacola e um sorriso malandro.

Sem dizer nada, ele tirou um primeiro pacote e o entregou ao *sheik*, que agradeceu pela caixa com doces do Egito que ganhou. Depois, tirou outro pacote pequeno e o entregou a Rafael – que ficou com o queixo caído assim que o abriu, enquanto Hisham dizia, morrendo de rir:

– Feliz Dia dos Pais!

– Você não devia ter feito isso, Hisham! – Rafael protestou, apreciando o relógio tão vistoso.

Hisham, entretanto, o ignorou. E entregou a Carolina uma caixa também pequena, que ela abriu ressabiada. Assim como o marido, Carolina estremeceu com o presente e nem ouviu o "Uau!" que as filhas exclamaram ao vê-la tirar da caixa a mesma gargantilha que, na semana anterior, a fizera suspirar.

– Que loucura! – ela disse em português. – Milena, diga a ele que não posso aceitar isso!

Ignorando o protesto de Carolina, Hisham entregou uma sacola para Mariana depois de tirar de dentro a menor das caixas. Mariana caiu na gargalhada ao ver a roupa bonita e cara que havia sido motivo de discussão entre ela e mãe.

– Adorei, Hisham, mas você não devia ter feito isso. Vou ouvir mais uma bronca da minha mãe por sua causa!

Finalmente Hisham entregou a Milena um pequeno pacote. Curiosa, Milena abriu. Mas tudo o que encontrou foi um bilhete escrito em inglês: "Por favor, seja discreta e não diga nada. Você precisa ser paciente, pois seu presente só chega em junho".

Milena ficou sem entender. Olhou para seu amigo que, com o dedo à frente dos lábios, e um sorriso malandro e misterioso, pedia-lhe que atendesse ao seu pedido. Incrédula, até mesmo um pouco decepcionada, ela lhe disse em português:

– Então tá!

22

Mande notícias do Egito

A noite de quinta-feira chegou logo e, quando Milena percebeu, já estava no Aeroporto de Guarulhos para dar adeus a Hisham. Aquela foi a primeira vez na vida em que ela teve noção de como o tempo passava inexoravelmente rápido.

Momentos antes do embarque, enquanto os pais de Hisham faziam as últimas compras, Milena e sua família os aguardavam do lado de fora da loja de gemas brasileiras.

– Minhas primas ligaram agora no final da tarde. Pediram que eu lhe desejasse boa viagem. O Renato e os meninos do prédio pediram o mesmo.

– É bom ouvir isso – Hisham admitiu alegre.

– Quer ouvir uma ótima? Você tinha razão quanto ao Renato. Ele me convidou pra sair. Disse que faz questão de ele mesmo pagar o *banana split* que eu lhe devo.

– Olha só, Milena – Hisham comemorou –, que notícia boa! Vocês dois têm tudo a ver.

– É, pode ser – ela se esquivou sorrindo. – Vamos ver no que dá, né? Depois eu conto o que rolou.

Hisham então se voltou para Rafael.

– Há algo que eu possa fazer para agradecer tudo o que o senhor fez por mim, senhor Rafael?

Rafael olhou para o pulso, admirando seu mais novo brinquedo. E fez piada:

– Tente dar uma de engraçadinho mais uma vez e eu esfolo você! – Hisham caiu na gargalhada e Rafael o abraçou dizendo: – Me dê um alô de vez em quando, Hisham. Vou ficar muito feliz por ouvir sua voz e saber que você está bem.

Alguns minutos depois, Mariana veio até eles.

– Seu pai está chamando, Hisham. Já está na hora de entrar.

Eles caminharam até o portão de embarque internacional. Enquanto Milena se despedia de Halim e de Mazna, Hisham se despediu de Rafael, agora com um forte abraço. Depois aceitou o beijo no rosto de Carolina e o abraço provocativo de Mariana.

– Olha, cara, mais umas duas vezes que você aparecer, minha irmã vira uma pessoa normal!

Hisham depois se viu frente a frente com Milena.

– Que foi? – Milena achou graça na cara que ele fez.

Hisham olhou com o canto do olho para seu pai, que conversava com Rafael. Balançou a cabeça, olhou para todos os lados, buscou as melhores palavras para explicar o que acontecia.

– Eu me preparei para muitas coisas. Menos para dizer adeus.

– Nem me fale! – Milena concordou.

– A gente conversou tanto e, mesmo assim, parece que tenho muitas coisas para dizer! Cada vez que me vejo sozinho, eu faço uma oração pedindo perdão a Alá pelas pessoas que eu fiz sofrer... mas também agradecendo pelo privilégio de ter conhecido você.

Milena engoliu em seco e suspirou.

– Não fala assim que vou chorar.

– Mas eu precisava dizer.

Hisham tomou a mão de Milena entre as suas, imitando um gesto que ela fizera mais de uma vez.

– Eu vou embora muito feliz, Milena. E quero que você também fique feliz.

Milena sorriu docemente, gostando do que ele havia dito.

– *Let's go, Hisham!* – seu pai o chamou.

Hisham disse para o pai que estaria logo atrás. A deixa que precisava para dar um abraço forte e caloroso em Milena. E um beijo em seu rosto. Um gesto que Milena esperou tanto que ele fizesse, mas que não acreditou que tivesse coragem.

– Hisham, seu chato! – ela rebateu comovida depois de alguns instantes. – Você não vai me dizer mesmo o que quis dizer com aquele bilhete maluco?

– Não, não vou! – ele respondeu firme. – Já disse para você ter paciência, seu presente demora para ficar pronto.

– Como eu vou aguentar de tanta curiosidade? – ela perguntou aos risos para o pai, para depois se voltar para Hisham. – Então, a gente continua se falando?

– Mais do que nunca! – ele garantiu. – Aconteça o que acontecer!

Halim o chamou mais uma vez. E Milena disse:

– Mande notícias do Egito, Hisham!

– Assim que eu chegar – ele respondeu.

E eles acenaram pela última vez. Rafael sorriu, surpreso com o fato de a filha não chorar pela partida do amigo.

– Muito bem, filha! Você tem uma bela história para contar.

– É, pai! – ela concordou. – Tenho mesmo. Será que a gente vai mesmo continuar amigos?

– Ah, eu tenho certeza absoluta disso! – Rafael garantiu.

E Milena e sua família voltaram para casa.

Meses mais tarde, numa noite gelada de julho, logo após abrir sua caixa de mensagens, Rafael deu um berro:

– Chegou o *e-mail*, meninas! E com fotos!

Assim que Carolina e Mariana chegaram, puderam ler junto com ele:

De: Milena
Mensagem enviada em: quarta-feira, 20 de julho de 2005.
Para: Rafael

Oi pai, oi mãe, oi Mari, tudo bem?

Por aqui, tudo ótimo. Ainda não consigo acreditar que estou no Egito! Eu, Milena, no Egito! Nem em sonho eu poderia imaginar que aquele presente fosse uma passagem! Pelo jeito que o Hisham falou, eu esperava um artesanato. Até pensei que seria uma múmia em miniatura! Eu falei isso pro Hisham assim que cheguei, e ele morreu de rir! E pai, mãe, seu Halim não se cansa de agradecer pela colaboração de vocês dois. Ainda acho incrível que vocês dois soubessem o tempo todo desse presente e só fossem me falar quando tivemos que providenciar o passaporte e o visto.

Os pais do Hisham têm sido maravilhosos. Dona Mazna me recebeu como uma filha, me trata com muito carinho. Seu Halim não para de me paparicar. As irmãs do Hisham são umas gracinhas, estou dormindo no quarto delas e elas fazem a maior algazarra. E o Anwar é muito divertido, completamente diferente do jeito certinho do Hisham. É despachado e gozador. São eles que estão comigo na primeira foto.

A outra garota é a Radhia, uma prima distante do Hisham. Ela fala muito mal o inglês – o Hisham zomba dela o tempo todo – e está sendo mais fácil eu aprender algumas palavras em árabe para me fazer entender. Acredita nisso, pai? Acho que rola um lance entre ela e o Hisham, embora o panaca jure que nunca percebeu nada!

Hoje conheci o famoso tio Samir, este que está dando um beijo no meu rosto na segunda foto. Agora entendo por que o Hisham e os irmãos gostam tanto dele. Mesmo que seu inglês seja ruim, tenho me divertido demais com ele (o Anwar puxou muito ao tio). Quanto à tia Bahira, parece que seu Halim ainda está de relações cortadas com ela. Ninguém fala dela.

Todos me tratam como rainha. Até aqui, não vi nenhum menosprezo em relação às mulheres. Ah, mãe! Mariana! Ganhei um hijab lindo da dona Mazna e estou levando, também, como presente dela, um para cada uma de vocês. O seu, mãe, é o mais bonito de todos. Quis tirar um foto com ele, mas ela não deixou; me implorou para que eu não estragasse a surpresa.

Não se preocupem que estou me alimentando muito bem. Eles bem que queriam fazer um "menu" especial para mim, mas não deixei. Tenho comido coisas deliciosas, tanto aqui na casa deles como nos restaurantes.

Pai, o Hisham tinha razão: o trânsito do Cairo é realmente muito pior que o de São Paulo. Mas a cidade é muito interessante, há lugares maneiríssimos aqui.

Hoje foi um dia inesquecível: me levaram para conhecer o Vale dos Reis e as pirâmides. Pai, você não pode imaginar que visão incrível, maravilhosa! Tirei mais de cento e vinte fotos e acho que foi pouco. Essas duas fotos são só uma amostra. Mas o Anwar tem toda razão, as fotos não dizem nada, ver os monumentos diante dos olhos é completamente diferente. Como o Hisham e o tio Samir disseram, é uma experiência mística.

Notaram a bata que estou usando? O Hisham e o Anwar gargalharam, disseram que eu era turista, que não haveria problemas em sair de calça e sem a cabeça coberta, mas fiz questão de aceitar a bata e o *hijab* que dona Mazna me ofereceu. E, sendo bem franca, acho que fiquei muito bem! Fiquei ou não fiquei?

Amanhã, o Hisham, o Anwar, a Radhia e eu vamos pegar um avião e ir para Luxor. E, no final de semana, é quase certo que iremos viajar com o tio Samir para Sharm El Sheik, um parque aquático no mar Vermelho. Todos eles dizem que é um lugar fantástico, que eu vou adorar. Torçam por mim.

Beijos para todos,
Milena

O autor

© Fabiana Oi

Formado em Engenharia Química pela Universidade de São Paulo (USP), Eduardo decidiu encarar a literatura mais a sério somente após os 41 anos, tudo por conta de um pedido que sua filha lhe fez: escrever uma história. Apesar de ter começado a escrever aos doze anos, foi só depois da proposta da filha que ele tomou um gosto entusiasmado pela literatura juvenil e sentiu coragem de arriscar uma publicação.

Embora tivesse iniciado escrevendo poemas, logo tomou um gosto desenfreado por romances de ficção. Reconhece como principais responsáveis por isso os livros fascinantes de Júlio Verne, *O gênio do crime*, de João Carlos Marinho e *Os meninos da rua Paulo*, do húngaro Ferenc Molnár.

Nas conversas sobre literatura, sempre lembra de outros grandes nomes, entre eles Ana Maria Machado, Marcos Rey, Ruth Rocha, Pedro Bandeira, Ivan Jaf, entre outros. Da mesma forma, enaltece os clássicos de nossa literatura, em especial José de Alencar e Machado de Assis, que considera os maiores expoentes da literatura brasileira.

Outros dois nomes que Eduardo sempre gosta de mencionar aos jovens são o autor colombiano Gabriel Garcia Márquez, Prêmio Nobel de Literatura, e o inesquecível cineasta Charlie Chaplin, classificando-os como gênios.

Eduardo é também apaixonado pela música e pelo cinema, artes na quais busca inspiração para criar seus trabalhos.

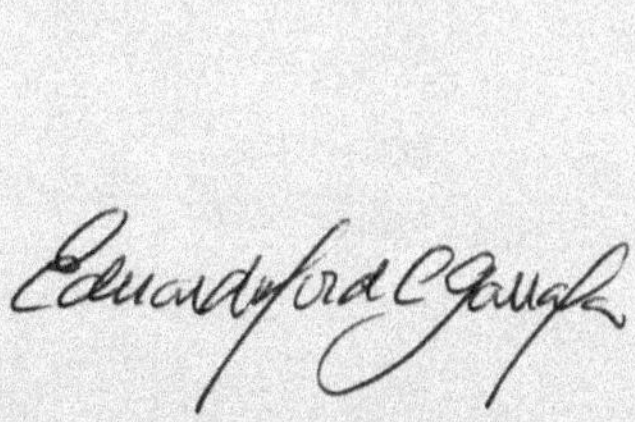

Entrevista

Em *Mande notícias do Egito*, você conheceu Milena e Hisham, dois adolescentes de países e personalidades muito diferentes. Que tal saber um pouco mais sobre o autor Eduardo Garrafa e como ele compôs esta obra?

COMO SURGIU A IDEIA DO LIVRO *MANDE NOTÍCIAS DO EGITO*?

• Surgiu de uma situação que minha filha viveu há muitos anos. Quando tinha seus treze, catorze anos, ela fez amizade virtual com um rapaz que morava no Egito. Embora vivessem discutindo as diferenças de hábitos e costumes, ela me dizia que achava interessante conversar com ele, que era um rapaz inteligente, de boa formação. Fiquei interessado e pedi que ela me contasse mais sobre aquela discussão que não era propriamente uma discussão. Ele tentava fazê-la entender os hábitos muçulmanos, enquanto ela lhe pedia compreensão com os hábitos ocidentais.

Percebendo a distância de seus mundos, me veio a inspiração para criar um enredo mais suave, uma amizade menos distante e mais possível, com compreensão e tolerância, tendo como pano de fundo uma das maiores tragédias recentes da história da humanidade.

Ao mostrar a prévia desse trabalho para minha filha, fiquei entusiasmado por ela ter compreendido e gostado.

Por que o Egito? O que o levou a escolher esse país para sua história?

• Desde muito pequeno fui fascinado pelo Egito, muito pela influência de um de meus irmãos, que sempre teve inclinação para artes e arquitetura. Ainda sonho em visitar o país. Gostaria muito de conhecer Cairo, poder admirar as pirâmides, Alexandria, Luxor, fazer um rápido cruzeiro pelo rio Nilo e, quem sabe, até mesmo conhecer Sharm El Sheikh, onde há um parque aquático que menciono ao final do texto e que, segundo dizem, é um dos melhores lugares do mundo para fazer mergulho.

A amizade de Hisham e Milena surge na internet. Como você vê esse fenômeno, hoje tão comum, tanto entre adolescentes como entre adultos?

• Vejo com completo entusiasmo e fascinação. Tomados alguns cuidados evidentes (não foi à toa que numa das primeiras cenas mostrei a preocupação da irmã de Milena com as armadilhas que armam na rede), me dá imensa satisfação ver o que a internet tem feito entre nós, como deixou fácil o acesso a informações, como se tornou uma excelente ferramenta de trabalho e aprendizado, como tem diminuído distâncias e possibilitado reencontros. Vejo amigos de todas as idades comemorarem esse fenômeno, manterem contato constante com parentes e conhecidos, reencontrarem antigos colegas, vibrarem com as novas possibilidades.
Em outras palavras, me sinto privilegiado por viver numa época de tamanho progresso tecnológico.

Existem alguns momentos de conflito entre a brasileira Milena e o egípcio Hisham, nos quais parece faltar compreensão entre eles. Você já enfrentou esse tipo de choque cultural? Se sim, como lidou com isso?

• Não, sinceramente não vivi de forma direta um conflito dessa ordem. Na verdade, o tema da incompreensão, intolerância e injustiça veio a princípio na forma de uma reflexão sobre minha própria imaturidade e meus próprios preconceitos. Essa reflexão que a vida me forçou a fazer por muitos e muitos anos seguramente influenciou as situações que elaborei.
Fui um adolescente de gênio difícil, que tinha alguns preconceitos, principalmente quanto a religiões diferentes da minha. Algum tempo foi necessário

para que eu percebesse que era injusto como eu enxergava aquelas diferenças. Precisei conviver com colegas de outras religiões e outras condições sociais, entender a forma como enxergavam o mundo, seus dramas familiares, para começar a reconhecer meus erros. Passei a observar o mundo com mais tolerância, aprendi a ouvir, ponderar, me esforcei para compreender realidades distantes da minha. A partir dessa compreensão, foi natural que me colocasse contra o fanatismo e a intolerância. Procuro manter sempre em mente que cada um é livre e tem o direito de ser feliz da forma que escolheu.
Enfim, o tom deste trabalho é marcado pelo fato de que, mesmo que a milhares de quilômetros de distância, Milena e Hisham passaram a compreender a enorme diferença entre seus mundos, mas descobriram também que poderiam manter uma amizade. Cada um aprendeu a compreender e tolerar o mundo do outro, teve a chance de experimentar uma convivência e ambos amadureceram por isso.

PARA CRIAR A OBRA, CERTAMENTE VOCÊ PESQUISOU SOBRE A CULTURA ISLÂMICA, QUE MUITAS VEZES É ENCARADA COM PRECONCEITO PELOS OCIDENTAIS. FALE UM POUCO SOBRE SUAS DESCOBERTAS CULTURAIS A RESPEITO DO MUNDO MUÇULMANO DURANTE A CRIAÇÃO DA HISTÓRIA.

• Além de querer abordar a questão da compreensão e tolerância, foi também minha intenção mostrar que não se pode generalizar o julgamento de uma religião por conta de um ato de fanatismo. Após os ataques de 11 de setembro de 2001, li depoimentos de vários muçulmanos indignados com a covardia daquele ato extremista. Entre eles, me tocou profundamente a entrevista que Yusuf Islam – que minha geração conheceu como Cat Stevens, cantor norte-americano – deu ao *The New York Times*, reclamando que aqueles ataques haviam, segundo suas próprias palavras, sequestrado sua religião.
Além disso, realmente fiz uma pesquisa para compor este trabalho, principalmente quanto à culinária e aos costumes.

NA SUA OPINIÃO, O QUE EXISTE EM COMUM ENTRE A VIDA DO BRASIL E A DO EGITO?

• Somos países igualmente pobres, com problemas sociais crônicos, com cidades superpopulosas e estruturas deficientes, que necessitam de investimentos consistentes em educação, saúde e segurança.

Há, contudo, uma diferença fundamental (para este modesto autor, diferença do tamanho de um abismo!) que não posso deixar de mencionar, me perdoem os ufanistas e nacionalistas: o Egito é um país com milhares de anos de história e até hoje é uma civilização admirada. O mundo deve muito a seus antepassados. Nosso belo país, deitado na maior parte da América do Sul em berço esplêndido e com um potencial imenso, ainda tem muito a provar e a fazer pelo mundo.

Há muito tempo trabalhei em um grande grupo empresarial e ali tive um diretor que compartilhou numa conversa com várias pessoas um comentário sobre a Índia que caberia perfeitamente na comparação que fazemos aqui: o Egito é um país pobre que se comporta como pobre; o Brasil é um país pobre que passa a ideia de ser um país rico.

HISHAM PASSA POR MOMENTOS DIFÍCEIS QUANDO ACHA QUE PERDEU OS PAIS. ESSA PARTE DA HISTÓRIA FOI INSPIRADA EM ALGUM EVENTO EM SUA VIDA?

• (Risos) Não, não foi. Considero esta pergunta particularmente curiosa, pois, quando criei a cena em que o pai de Milena se sensibiliza pelo drama de Hisham, me passou pela cabeça que poderia dar a impressão de que isso havia sido um drama pessoal meu.

Minha intenção, na verdade, foi me colocar na pele de um adolescente que se vê numa situação trágica e aparentemente sem solução. Assim como fiz nos meus trabalhos anteriores, "conversei" com Hisham, deixei que ele me mostrasse seu desespero, para que eu pudesse ajudá-lo a encontrar uma saída para aquela situação. Foi assim que surgiu a ideia da fuga (irresponsável e inconsequente, convenhamos, mas compreensível se considerarmos seu desespero).

O PERÍODO DA ADOLESCÊNCIA É COMPLEXO PARA QUALQUER JOVEM, EM QUALQUER PAÍS. NO ENTANTO, HÁ CULTURAS COM COSTUMES MUITO DIFERENTES DOS NOSSOS EM RELAÇÃO AO TRATAMENTO DESSA FASE DA VIDA. VOCÊ ACREDITA QUE A MANEIRA COMO O ORIENTE VÊ O ADOLESCENTE É MUITO DIFERENTE DA FORMA COMO NÓS A ENCARAMOS? FALE UM POUCO SOBRE O ASSUNTO.

• Mesmo que não tenha o mais profundo conhecimento do modo de vida e costume das culturas orientais, me parece claro que são bem diferentes e gostaria que não fosse assim.

ENTRE LINHAS SOCIEDADE

Mande notícias do Egito

Eduardo Garrafa

Suplemento de leitura

Mesmo sem nunca terem se visto pessoalmente, Milena e Hisham conversam todos os dias sobre suas famílias, amigos e amores. Ela mora no Brasil e ele, no Egito.

Até o dia em que um desastre torna real uma amizade antes restrita à internet. Depois de uma tragédia envolvendo os pais de Hisham, ele fica sob a guarda de uma tia autoritária. Desesperado, foge de casa e embarca, sem documentação adequada, num avião para o Brasil. Apesar de as autoridades tentarem deportá-lo, Hisham consegue ficar temporariamente sob a tutela do pai de Milena. Surpreso com os costumes brasileiros, ele aproveita a chance para conhecer tudo o que pode de um país muito diferente do seu. Milena também aprende, com essa experiência, que a vida aqui não é tão diferente da vida no Egito. A partir daí muita coisa se transforma na vida desses dois jovens.

Por dentro do texto

Personagens e enredo

1. Milena é uma garota de treze anos que se comunica por internet com um menino egípcio. O que a família dela pensa sobre isso? E você, costuma usar a internet para conhecer outras pessoas? O que você pensa sobre *sites* de relacionamento? Sua família incentiva o uso e/ou impõe alguma restrição a isso?

2. "Milena nem se lembrava por que se interessou justamente por um garoto egípcio de nome tão esquisito, apesar de ter localizado vários garotos e garotas em diversos países. Talvez tivesse sido por seu inglês perfeito, sem erros de grafia. Sem nenhuma cerimônia, na terceira vez que se comunicaram, ele fez um pedido ousado." (p. 14)

   a) Qual foi o "pedido ousado" que Hisham fez a Milena?

Linguagem

7. "– Porque de tarde vai baixar uma galera do prédio lá da esquina pra jogar bola e acho que vai faltar gente. Pergunta pro seu amigo se ele não quer jogar futebol.

Antes que Milena dissesse qualquer coisa, Hisham se adiantou e respondeu em inglês, com brilho nos olhos:

– *Yes, yes, I can play football*!

– Olha aí, Milena! Você tá escondendo o ouro! Mas peraí, ele disse '*football*'? Não é '*soccer*'?

– Ele estuda numa escola inglesa – Milena se divertiu explicando.

– Os ingleses se recusam a chamar o futebol de '*soccer*'." (p. 73)

Podemos verificar que a linguagem empregada no trecho é bastante coloquial e se caracteriza basicamente pela oralidade.

a) Destaque do trecho termos que caracterizem a coloquialidade da linguagem.

b) As expressões "baixar uma galera" e "tá escondendo o ouro" são empregadas como gírias de um determinado grupo social. Diga com suas palavras o que você entende por essas gírias. A seguir, procure designar o grupo social que as emprega.

c) Pesquise por que os ingleses, diferentemente dos americanos, preferem usar o termo *football* a usar a expressão *soccer*.

Produção de texto

8. Ao longo do texto podemos acompanhar uma discussão – e até falta de compreensão – entre Hisham e Milena a respeito do papel da mulher nas sociedades em que vivem. Milena procura o tempo todo demonstrar ao amigo que a mulher brasileira trabalha, passeia, pode usar biquíni nas praias, enfim, que possui uma liberdade maior que a mulher egípcia. Hisham, por sua vez, procura explicar à amiga que – diferente da imagem que muitos países têm do Egito - as mulheres egípcias lutam pela liberdade, também estudam e trabalham, e em sua maioria não usam burca. Nesse ponto, ele busca expor que o Egito é diferente em relação a alguns países árabes.
O que você conhece sobre o papel da mulher na sociedade egípcia? Como analisa o papel da mulher na sociedade brasileira? A partir dessa reflexão, escreva um texto dissertativo sobre a liberdade conquistada pelas mulheres na sociedade, e procure embasar sua argumentação na análise do contexto brasileiro e do egípcio.

9. "– Que bom ouvir isso! – o *sheik* comemorou. – É gratificante viver num país abençoado, onde cristãos e árabes podem se dar bem." (p. 127)

O Brasil é um país predominantemente católico, ainda que formado por muitas outras religiões, oriundas da diversidade étnica do nosso povo. Além do islamismo, encontramos o budismo, o candomblé, o *hare krishna*, o protestantismo e tantas outras

crenças. No entanto, você concorda com a afirmação do *sheik* de que todas elas convivem bem?
Escreva um texto argumentativo, analisando o convívio das diferenças religiosas no Brasil, destacando principalmente como a escola em que você estuda lida com a diversidade de crenças entre os alunos.

Atividades complementares

(Sugestões para História e Geografia)

10. A família de Hisham viaja para a Indonésia, onde passa por uma tragédia: um terremoto no oceano Índico que provoca um dos maiores *tsunamis* já ocorridos no mundo. Pesquise sobre o *tsunami* ocorrido na Ásia, verifique as causas que levam a esse fenômeno natural e assista a imagens desse acontecimento. Uma dica é o *site* da revista *National Geographic* (em inglês). Disponível em: <http://news.nationalgeographic.com/news/2005/01/0107_050107_tsunami_index.html>. Acesso em: 19 jun. 2012. Tendo em vista esse acontecimento, conseguimos determinar quando a história acontece?

11. Quando é encontrado no Brasil, Hisham é suspeito de ser terrorista, devido a um atentado planejado pelo grupo terrorista denominado Al-Qaeda em 2001. Esse ato repercutiu mundialmente, instalando o medo e a suspeita em relação aos cidadãos árabes.

    a) Qual é o atentado a que se refere o texto?

5. Milena e Hisham têm temperamentos muito diferentes e, portanto, relacionam-se de maneiras distintas com seus familiares e amigos. Analise como é o comportamento de cada um deles. Podemos dizer que algo mudou durante o curto período de convivência que tiveram?

6. Rafael, comovido com a história de Hisham, acolhe-o em sua casa. Ele aconselha o menino a nunca perder as esperanças sobre o destino de seus pais.

a) Por que Rafael se comove com o que aconteceu a Hisham? O que ele quer dizer quando o aconselha a "virar a página da vida", caso o desaparecimento dos pais se confirme?

b) Com o desenrolar da história, como se comprova o valor desse conselho?

b) Que motivo levou Milena a querer se comunicar com outras pessoas pela internet?

3. A distância geográfica entre Milena e Hisham e também a "distância" promovida pelo contato virtual fizeram Milena se sentir mais à vontade para falar de si mesma e confidenciar coisas que talvez não falasse a ninguém. O que ela revela sobre si mesma?

4. "[...] Algumas vezes Hisham ficava irritado com a forma com que ela o provocava perguntando por que os muçulmanos eram tão diferentes dos seguidores de outras religiões. Ele garantia que o mundo ocidental não conhecia bem o islamismo e tinha uma imagem distorcida de sua religião, e explicava que no Egito os hábitos não eram tão rígidos quanto em outros países árabes." (p. 10-11)

A partir desse trecho, caracterize os seguintes personagens em relação à religiosidade e ao contato com os britânicos:

a) Halim e Mazna.

b) Tia Bahira.

b) O que você acha da suspeita lançada sobre a maioria dos cidadãos árabes?

12. No texto verificamos uma comparação entre Cairo e São Paulo no que se refere ao número de habitantes e ao trânsito. Pesquise informações sobre essas duas cidades e responda às seguintes questões:

a) Qual o número de habitantes da cidade de São Paulo? E no Cairo?

b) Pesquise os problemas de trânsito dessas duas cidades e compare as soluções encontradas por esses dois países.

Atual Editora

Há algum tempo li que a adolescência é uma invenção moderna, que até o final do século XIX, início do XX, as pessoas deixavam de ser crianças cedo para trabalharem e assumirem responsabilidades. Minha avó paterna, por exemplo, no final do século XIX se casou aos treze anos e logo em seguida foi mãe. Há décadas essa é uma situação impensável em nossa sociedade e vejo como um progresso a noção de que uma criança precisa de um tempo de transição para se tornar um adulto.

No entanto, o que até agora observei da cultura islâmica é que um indivíduo se torna adulto precocemente.

Não é minha intenção ofender os costumes islâmicos, mas acredito que seria bastante positivo se o Islã compreendesse a necessidade dessa fase de transição que é a adolescência.

Sempre tenho em mente que podemos aprender um com os outros, que é construtivo observar outras culturas, admirar o que elas têm de melhor e até mesmo adotar alguns de seus hábitos em nossa própria cultura, se isso nos traz algo de bom. Acho que eles poderiam aprender conosco nesse sentido.

Como você vê a situação política e social do Egito?

• Vejo com muita preocupação. Não escondo minha admiração e simpatia para com o país e, como já mencionei, ainda sonho em conhecê-lo. Entretanto, considero a situação política preocupante. Me resta torcer para que o povo do Egito reencontre o caminho da paz, que estabeleça uma democracia justa e volte a se abrir ao mundo, possibilitando a todos conhecer as maravilhas de sua tão fascinante cultura.